Angara – ein sibirischer Schicksalsstrom

Hildegard Schuschel

Angara

– ein sibirischer Schicksalsstrom –

Bibliographische Informationen der Deutschen Bibliothek:
Die Deutsche Bibliothek verzeichnet diese Publikation in der
Deutschen Nationalbibliographie; detaillierte bibliographische
Daten sind im Internet unter htp://dnb.ddb.de abrufbar.

ISBN 978-3-8334-9137-5

© 2007 Hildegard Schuschel
Herausgeber: Dr. Hilmar Schuschel, hschuschel@googlemail.com
Herstellung und Verlag: Books on Demand GmbH, Norderstedt
Printed in Germany

Inhaltsverzeichnis

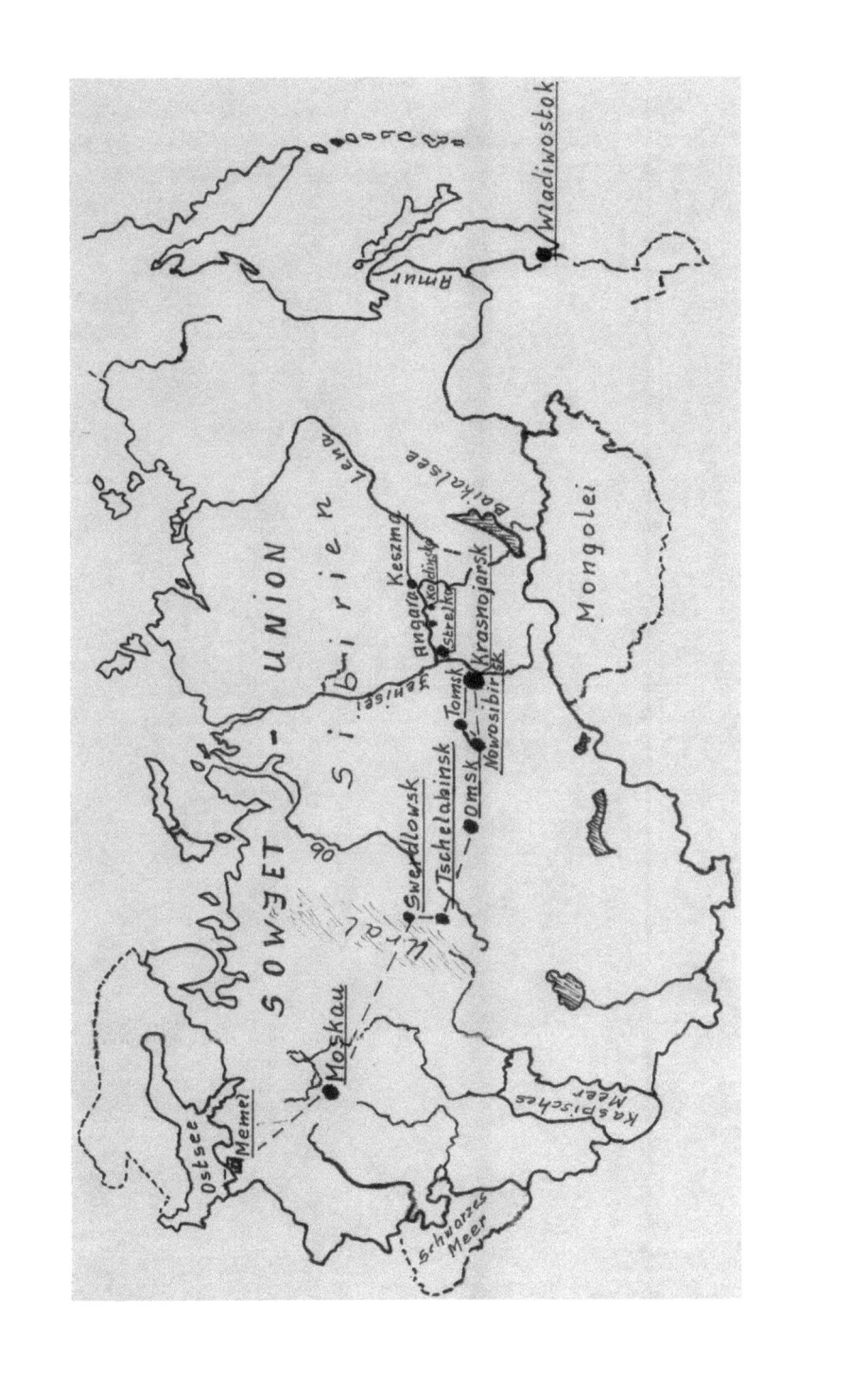

Die Kindheit im Memelland

In unserem kleinen Dorf Eglienen, 13 Kilometer von der Stadt Memel entfernt, im nördlichsten Teil Ostpreußens gelegen, verlebte ich eine gute Kindheit. Mein Vater war Dorfschmied, und auch Bürgermeister der Gemeinde Groß Jagschen. Diese Gemeinde bestand aus den Dörfern Eglienen, Groß Jagschen, Schattern, Schmilgienen und Baugstkorallen. Somit war in unserem Hause reichlich Publikumsverkehr. Da die Bauernhöfe verstreut über das Land waren, gab es keine Spielgefährten. Deshalb war ich froh, 1939 – noch keine sechs Jahre alt – zur Volksschule gehen zu dürfen. Somit war ich, auch in der Mittelschule in Memel, stets die jüngste Schülerin der Klasse. Im ersten Schuljahr lernte ich noch die Sütterlin-Schrift, dann mußte man sich auf lateinische Schrift umstellen.

Unsere Familie bestand aus Eltern, eine fünf Jahre ältere Schwester und Großmutter. Außerdem gehörten zum Haushalt noch ein Geselle und ein Lehrling. Auf Mutters Wunsch kaufte Vater noch Land dazu, so daß wir vier Hektar Ackerland besaßen. Mit einem Pferd, einer Kuh, ein paar Schweinen, Hühnern, Gänsen, Enten, zeitweise auch Schafen gehörten wir zu den Selbstversorgern. Auch wir Kinder lernten früh mitzuhelfen. Schon mit sieben Lenzen war man für die Pflege der Blumen- und Gemüsebeete zuständig. Man holte die Kirschen vom Baum, pflückte die Beeren und war auch bei der Kartoffelernte dabei.

Meinen achten Geburtstag wollte ich eigentlich am Sonntag feiern, aber meine Schulfreundin Ruth kam bereits am Freitag, zum richtigen Geburtsdatum. Meine Mutter meinte: „Dann feierst eben heute, denn der Kuchen ist bereits gebacken". Wie gut, denn am Sonntag-

1

morgen, dem 22. Juni 1941, flogen die Kugeln über unsere Köpfe... der Krieg mit Rußland hatte begonnen. Auch Vater, als Bürgermeister, hatte erst am Vorabend über den Angriff erfahren und konnte noch einige Grenzbewohner informieren. Luftlinie wohnten wir nur circa 2 Kilometer von der litauisch-russischen Grenze entfernt. Wir suchten in den Feldgräben Deckung, denn einige feindliche Tiefflieger flogen über uns hinweg. Nach einigen Stunden hörte man das Geschützfeuer kaum noch, da die Front schon weiter nach Litauen vorgedrungen war. Nur die Verwundetentransporte zogen an unserem Haus vorbei.

Mein Vater hatte bereits im ersten Weltkrieg an verschiedenen Fronten gekämpft und wurde diesmal nicht mehr eingezogen. Als er in seiner Jugendzeit einige Jahre bei der Firma Krupp in Essen gearbeitet hat, wollte er schon mit seinem „Kumpel" nach Amerika auswandern. Der Stellungsbefehl hat dieses Vorhaben durchkreuzt. Schade, meinem Vater wäre viel Elend erspart geblieben.

Auf dem Lande verlief das Leben, bis auf einige Bombenangriffe mit Toten, in geordneten Bahnen. Zu bedauern waren die Familien, die um ihre Gefallenen trauern mußten. Als Ersatz für die Männer und Söhne wurden den Bauernhöfen Gefangene (Polen, Russen, Franzosen) als Landarbeiter zugeteilt. Auch wir hatten einen Mann für die Schmiedearbeit. Im allgemeinen wurde die Stadt Memel von Bombenangriffen verschont. Nur einmal erwischte mich ein Fliegeralarm auf dem Weg zur Mittelschule, als ich gerade die Börsenbrücke überquerte, die bei Alarm voll vernebelt wurde. Nun stand ich da mit meinen 10 Jahren und wußte nicht wohin... auch die Straßen waren auf einmal menschenleer.

Blick von Sandkrug auf Memel.

Die Schulzeit in Memel war besonders in den Sommermonaten interessant. In der Freizeit fuhr man öfter mit der Sandkrugfähre zur Nehrung, überquerte diese und badete am herrlichen Ostseestrand. Auf der Anhöhe konnte man im Strandcafe Kuchen und Getränke bestellen. Das letzte Mal als ich dort war, bestellte ich für mich und meine Mitschülerin je ein Stück Kuchen und war enttäuscht, daß von meiner neuen Brotkarte nur noch ein paar Abschnitte übrigblieben. Mein Protest half nichts, und so erlebte ich den ersten Betrug in meinem jungen Leben.

Die Flucht

Unüberhörbar sind die Gefechte an der Front, die immer näher kommt. Die Rote Armee ist auf dem Vormarsch und die deutschen Truppen ziehen sich aus Rußland zurück. Am 1. August 1944 wird der Befehl gegeben, das Memelland zu verlassen, und zwar am nächsten Tag. Also haben wir noch einen Tag, um unsere Habseligkeiten zu packen. Während die Leute aus der Stadt mit der Bahn oder per Schiff flüchten, ist die Landbevölkerung auf Pferdegespanne angewiesen. Wir beladen unseren Leiterwagen, leihen ein zweites Pferd vom Nachbarn, und die große Flucht beginnt. Vater, wie auch alle einigermaßen gesunden Männer, müssen zurückbleiben. Nun muß Mutter die volle Verantwortung tragen und uns, zwei Kinder sowie die 83-jährige Großmutter, in Sicherheit bringen. Nach dem Abschied vom Vater schließen wir uns dem großen Treck an. Die Fahrt geht über Memel Richtung Tilsit. Am Abend dirigiert man uns auf eine große Wiese, wo man unter Hunderten von Fahrzeugen so manchen Nachbarn und Bekannten trifft. Die Weiterfahrt am anderen Morgen wird problematisch, da, sobald ein anderer Treck in die Straße einfährt, man nicht mehr dazwischen gelassen wurde.

Endlich, nach strapaziösen Tagen unter freiem Himmel, sind wir am 12.8.1944 in der Elchniederung angekommen. Wir werden beim Bauern Dudszus in der Elbingskolonie einquartiert und bewohnen zwei kleine Zimmer. Kochen dürfen wir in deren Küche. Das Schlimmste, was ich als Kind empfand war, daß es hier keine Brunnen mit sauberem Trinkwasser gab. Man schöpfte das braune Moorwasser aus den Entwässerungsgräben und kochte es dann ab. Obwohl unsere 83-jährige Großmutter schwer herzkrank ist, fährt meine Mutter am 18. August wieder nach Hause, weil Vater nicht allein sein wollte und sie gerufen hat. Im Nachhinein empfinde ich das als sehr egoistisch.

Allein zurückgelassen dürfen wir eine Mahlzeit bei der Gastfamilie einnehmen. Ansonsten streift man durch die Gegend und entdeckt verstreut Mitschüler und bekannte Bauern. Jetzt kommen auch die großen Viehherden, angetrieben von den zurückgebliebenen alten Herren und Zwangsarbeitern, aus dem Memelland an. Man konnte das jammervolle „Muhen" der Kühe kaum ertragen, denn sie wurden tagelang nicht gemolken. Auf Anordnung des Bauernführers mußten nun alle Frauen zum Kühemelken auf die Wiese an der Gilge.

Nachdem Mutter nach Hause gefahren war, starb nach drei Tagen Großmutter. Wir Kinder standen mit der Wirtin am Sterbebett unserer Oma und kamen uns hilflos und sehr verlassen vor. Die Trauerfeier fand im kleinen Familienkreis und mit einigen ehemaligen Nachbarn in der Seckenburger Kirche statt. Die Beisetzung war auf dem danebenliegenden Friedhof.

Es war der 26. August 1944, als Vater nun auch uns Kinder mit nach Hause nahm. Daheim war es sehr einsam und unheimlich, denn die Gegend war menschenleer. Vater hatte die Idee, Weizen mit der Sense zu mähen; somit mußten meine Schwester hinter meinem Vater und ich, mit 11 Jahren, hinter meiner Mutter die Garben binden. Im Nachhinein fragt man sich: War es die Mühe wert? Meinte Vater, daß die Front zurückgeschlagen wird? Nach 14 Tagen kamen dann auch die Bauern einer nach dem anderen wieder mit ihren vollen

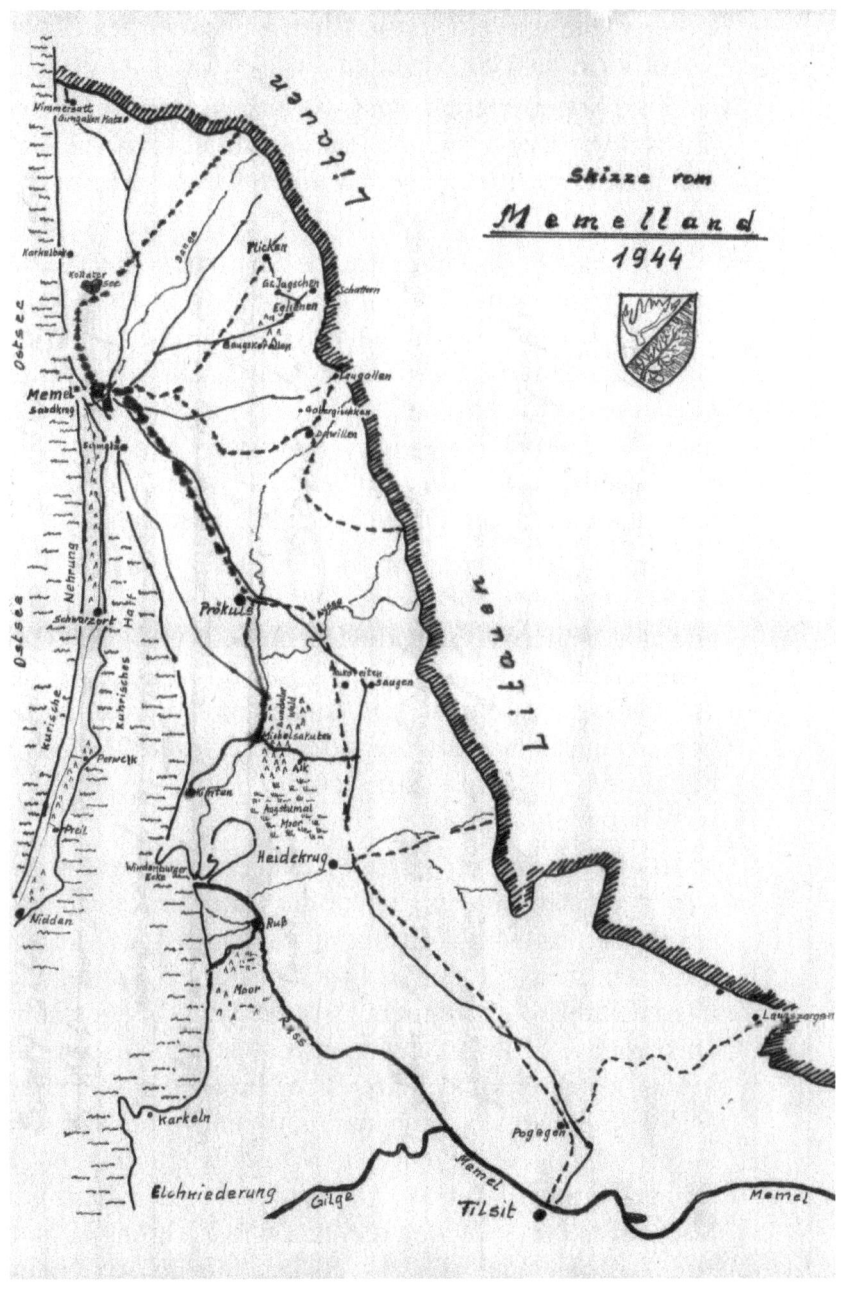

Skizze vom
Memelland
1944

7

Leiterwagen und eingesammelten Kühen zurück. Auch Vater holte unseren Wagen mit den Habseligkeiten.

Die Sommerferien sind vorüber und wir Kinder müssen wieder zur Schule. Da die Mittelschule in Memel geschlossen ist, gehe ich in die sechste Klasse der Volksschule.

Anfang Oktober überraschte uns eines Nachts ein großer Bombenangriff. Ein Wohnhaus in unserer Nähe wurde getroffen... zum Glück waren die Leute in den naheliegenden Wald geflüchtet. In der Nachbargemeinde gab es aber auch Tote. In dieser Nacht war Vater mit dem Fahrrad unterwegs und brach sich beim Sturz die Kniescheibe. Somit kam er nach Memel ins Krankenhaus und danach mit einem Transport nach Danzig.

Am 7. Oktober kam wieder der Befehl, das Memelland zu räumen. Wir packten erneut unseren Leiterwagen mit dem Nötigsten, liehen uns ein zweites Pferd vom Nachbarn, hängten noch unseren Marktwagen für die alleinstehende alte Frau Runde hinten an und begaben uns am Sonntagmorgen, dem 8. Oktober 1944, auf die zweite Flucht. Unsere polnischen „Gastarbeiter" begleiteten uns diesmal auf Fahrrädern.

Im Gegensatz zur ersten Flucht entstand diesmal ein Chaos auf den Straßen, zumal die Hauptstraße Memel-Tilsit für das Militär freigehalten wurde. An diesem Tage schafften wir nur die 14 Kilometer bis Memel und übernachteten in Schmelz, wo uns ein Fliegeralarm überraschte. Im Morgengrauen reihten wir uns wieder in den Treck ein und fuhren über Prökuls in Richtung Michel-Sakuten. Es ging nur langsam voran und wir übernachteten erneut auf einer Wiese, wie üblich, unter freiem Himmel. Am 10. Oktober 1944 erreichten wir Michel-Sakuten, wo sich die Straße in Richtung Kinten zum Haff und nach Heidekrug/Tilsit gabelte. Ab Kinten hätte man vielleicht die Möglichkeit gehabt, mit Handgepäck sich über das Haff rübersetzen zu lassen. Mutter entschied sich, wie die Mehrheit, in Richtung Heidekrug weiterzufahren. In Höhe des Bundeler Waldes kam uns schon das flüchtende deutsche Militär entgegen. Dazwischen die kleinen Panjewagen der Balten. Dort, wo die Straße dem fliehenden Militär für ihre Panzer und Lastwagen zu eng war, nahmen die Soldaten die Leiterwagen samt Pferdegespann an den Rädern und kippten diese in den Straßengraben. Um dieses zu vermeiden, fuhren auch wir bei der nächsten Möglichkeit rechts auf einen Feldweg, der nach einigen hundert Metern im Augstumal-Moor endete. Die Front kam näher, der Gefechtslärm wurde stärker. Auch wir wurden beschossen, vor allem von Tieffliegern mit Bordwaffen. Nicht nur unsere Wagen versanken bis zu den Achsen im Sumpf, auch die Fahrzeuge unserer Soldaten, die sie dann mit Benzin übergossen und anzündeten.

Nun ging es weder vorwärts noch zurück und wir verharrten wie versteinert in diesem Chaos. Sigmund, unser polnischer Begleiter, zeigte auf einige in gebückter Haltung durch das spärliche Schilf herannahende Männer und meinte, das seien schon die Partisanen, da diese in Zivilkleidung waren. Ich musste an die grausigen Propagandabilder unserer Illustrierten denken, die zeigten, wie die Russen auch Kinder folterten. Ganz in der Nähe war ein Entwässerungskanal und ich bat Mutter: „Komm wir springen ins Wasser". „Zum Sterben ist noch immer Zeit", sagte Mutter, und ich sah das auch ein.

Dieses Gebiet wurde kampflos den Russen überlassen, nur im Bunduler Wald hörte man noch tagelang einige Scharmützel. Wir übernachteten in diesem

Sumpfgebiet im Schutze der Leiterwagen, aßen von den Vorräten, die wir mitgebracht hatten, und versuchten am nächsten Morgen mit Türen der ausgebrannten Militärautos unsere Wagen aus dem Sumpf zu ziehen. Endlich hatten wir es geschafft und schlossen uns einer Gruppe anderer Fahrzeuge unseres Trecks an. Plötzlich kam ein russischer Offizier geritten und tauschte unser Trakehner- gegen sein Kosakenpferd. Außerdem sagte er zu unseren polnischen Begleitern: „Warum haltet ihr euch noch bei den Deutschen auf? Ihr seid doch jetzt frei und könnt nach Hause fahren". „Hoffentlich kommen wir nicht noch nach Sibirien", sagte skeptisch Sigmund und verabschiedete sich von uns.

Mit diesen uns verbliebenen Kosaken- und Ackergäulen schafften wir noch den Leiterwagen auf einen Bauernhof in der Ortschaft Alk zu fahren, wo bereits ca. 20 Fahrzeuge standen. Nach einigen Tagen waren fast alle Pferde konfisziert beziehungsweise nachts gestohlen. Freudig begegnete ich hier auch meiner Schulfreundin, deren große Familie ebenfalls auf dem Hof Gelszinus Zuflucht gesucht hatte. Nun waren wir den Plünderungen der russischen Soldaten ausgeliefert. Uhren und Goldringe waren am meisten gefragt. Vergewaltigungen gab es hier auch. Eines Tages stand ich plötzlich zwischen den Leiterwagen vor einem Offizier. Er muß wohl mein schreckversteinertes Gesicht gesehen haben, klopfte mir auf die Schulter und meinte: „Du brauchst vor uns keine Angst zu haben" und gab mir eine Handvoll Schokoladenbonbons. Sicherlich freute ich mich über die Süßigkeiten, doch am meisten darüber, daß die Russen nicht alle so böse sind. Mutter meinte: „Das ist dein erstes Lächeln seit 10 Tagen".

Die Essensvorräte wurden knapp, und so zogen wir Kinder die Hauptstraße entlang, um in den verlassenen in den Gräben liegenden Fahrzeugen nach Eßbarem zu suchen. Eines Tages begab sich Mutter zu Fuß auf die Suche nach der Familie ihrer Cousine, die in Kukoreiten, etwa 10-15 Kilometer entfernt, ihren Bauernhof hatte. Sie hatte Glück und traf nicht nur ihre Cousine Erdme mit Ehemann, sondern auch Cousine Marie aus Memel und Cousin Georg sowie deren Mutter an. Obwohl das Haus schon voll war, lud Tante Erdme auch uns drei Personen zu sich ein. Sie hatten noch ein Pferd und halfen uns, am 5. November 1944 den Leiterwagen zu holen. Nun waren acht Leute zu ernähren, aber Tante Woschkat, die gute Seele, teilte alles redlich. Das Anwesen unserer Verwandten liegt abseits der Verkehrsstraßen direkt an einem kleinen Wald, daher ist es hier viel ruhiger. Auch die Nachbargehöfte sind bewohnt, so daß man sich geborgener fühlt. Unter den russischen Soldaten hatte es sich anscheinend herumgesprochen, daß Onkel W. Uhrmacher ist. Daher kommen, außer den Plünderern, auch Soldaten, die ihre erbeuteten Uhren reparieren lassen. Es ist kein Witz, als Onkel Heinrich in einer Uhr eine Laus entdeckt, diese dem Soldaten zeigt und sagt: „Maschinist kaputt". Tante Marie aus Memel hatte im ersten Weltkrieg von einem Gefangenen russisch gelernt, was uns jetzt zugute kam. Oftmals blieben die Soldaten länger als nötig, um sich zu unterhalten.

Die Stadt Memel war immer noch umkämpft und man hörte die Geschütze. Wäre man doch in Memel geblieben, vielleicht hätte man dann doch noch über die Kurische Nehrung flüchten können. Eines Tages kamen Soldaten mit einem Lastwagen mit Frauen und alten Männern und nahmen meine Mutter und Tante Marie auch mit. Onkel Heinrich hatte im ersten Weltkrieg ein Bein verloren und durfte daher zu Hause bleiben. Nun waren meine Schwester und ich alleine und wußten nicht, wohin sie Mutter gebracht hatten und ob sie jemals zurückkommt. Die Essensvorräte wurden knapp, vor allem Salz und Zucker. Es gab keine Geschäfte, keine Mühlen, wo man das Getreide hätte mahlen können, aber es gab genügend Kartoffeln. Zwei Kühe standen auch noch im Stall, so daß man wenigstens Milch und Butter hatte.

Frau Runde, die mit uns geflüchtet war, wollte Mutter entlasten und ist zu einem ehemaligen Nachbarn, der kinderlos war, gezogen. Dieses Ehepaar Schlickies wohnte nun im Nachbardorf und wir haben bei einem Besuch festgestellt, daß deren polnischer Zwangsarbeiter sich immer noch bei ihnen aufhielt.

Es war eine gesetzlose Zeit. Plünderer durchstreiften das Land. Es gab keine Polizei, keine Verwaltung. Wie glücklich waren wir, als Mutter und Tante eines Tages nach Hause kamen. Das Militär hatte sie zum Drescheinsatz geholt, denn die Scheunen waren mit Getreidegarben gefüllt. Dieses gedroschene Getreide wurde dann nach Rußland transportiert; ebenso das Vieh der Bauern. Auch unsere zweite Kuh wurde konfisziert.

Mittlerweile war es Dezember geworden und die Tage regnerisch, oft stürmisch und früh dunkel. Da auch das Petroleum für die Lampe knapp wurde, saß man oft im Dunkeln und ging früh in das eiskalte Schlafzimmer zu Bett. Eines Tages entdeckte unsere Tante einen deutschen Gefallenen im Graben ihres Grundstücks und entschloß sich, diesen zu bestatten. Es wurde eine Holzkiste gezimmert und Onkel Georg mit den 3 Frauen unseres Hauses haben diesen Soldaten mit Gebeten auf dem Friedhof beerdigt.

Heiligabend 1944 haben wir im Kreise der großen Familie am schön geschmückten Tannenbaum verbracht. Leider gab es keine Kerzen... woher auch? Tante Erdme hatte einen Kuchen und etwas Kekse gezaubert. Meine Schwester und ich müssen brav, wie üblich, Gedichte aufsagen. Dann erklingen die Weihnachtslieder und es ist fast so wie früher. Leider gehen unsere Gedanken auch an unsere „verschollenen" Familienangehörige.

Kummervoll schauen wir auf das Jahr 1945. Der deutsche Brückenkopf Memel ist immer noch umkämpft. In den kalten Januartagen verharrten die wenigen zurückgebliebenen deutschen Familien wie erstarrt und hofften auf ein Ende des Krieges. Mit der Eroberung der Stadt Memel am 28. Januar 1945 durch die Rote Armee ist das Memelland nun vollständig besetzt. Langsam wird die Stadt mit einer neuen Bevölkerung besiedelt, denn die restlichen Deutschen konnten noch über die Kurische Nehrung flüchten. Die Front in Ostpreußen ist weit und als die Stadt Königsberg am 9. April 1945 kapitulierte, war unser Schicksal entschieden.

Die Wintermonate verbrachten wir noch bei unseren Verwandten, doch Ende März erfuhr Mutter vom ehemaligen Nachbarn, daß unser Wohnhaus und die übrigen Gebäude noch stehen. Wir beladen unseren Leiterwagen nur mit dem Nötigsten unserer Habe und fahren endlich wieder heim. Als wir die Randgebiete von Memel durchqueren, zeigt sich uns ein schreckliches Bild. Überall auf den Feldern liegen aufgedunsene Tierleiber und dazwischen auch deutsche Gefallene. Wir fahren durch eine menschenleere Gegend und es ist sehr, sehr bedrückend. Endlich kommen wir in unsere vertrauten Orte, aber überall verlassene Häuser – kein Mensch, kein Tier.

Rückkehr ins Heimatdorf

Aus der Ferne erblicken wir schon unser Haus und den danebenliegenden Bauernhof Koenies mit der ehemaligen Molkerei sowie das Haus Runde. Aufgeregt fahren wir auf unseren Hof und sehen, daß die meisten Türen offenstehen. Dann gehen wir ins Haus. Kein Möbelstück, kein Geschirr – nichts vorhanden. Obwohl einige Fensterscheiben fehlen, kann man doch noch darin wohnen. Die Schmiede ist vollständig ausgeräumt... keine Maschinen, kein Handwerkszeug. Das Getreide ist fort und auch das Holz. Der Lattenzaun unseres Gartens wurde anscheinend auch verheizt. Ich bewundere den Mut meiner damalig 45-jährigen Mutter, mit uns Kindern hierherzuziehen.

Wir krempeln die Ärmel hoch und der Wagen wird abgeladen, das Haus gereinigt. Onkel Heinrich hatte uns vorsorgehalber Säge, Axt, Hammer und Nägel mitgegeben. Die fehlenden Scheiben werden durch Bretter ersetzt, es wird Holz gesammelt... und der Kamin raucht. Auch beim 500 m entfernten Nachbarn Schlikkies raucht der Kamin. Es ist beruhigend zu wissen, daß man nicht ganz alleine ist. Nach und nach kehren auch andere Landsleute, die die Flucht über den Memelstrom nicht mehr geschafft haben, zurück. Aus den nun leergebliebenen Häusern holen wir uns die notwendigen Möbelstücke, vor allem aus der Stadt Memel, die bis dahin wegen der Front vor Plünderungen verschont blieb. In unserem Hause muß ein Lazarett gewesen sein, denn im Garten lagen sehr viele Blutkonserven. Den bestialischen Gestank beim Bruch dieser Glaskonserven kann ich bis heute nicht vergessen. Praktisch waren die herumliegenden Zunderbeutel für Geschütze, denn dosiert konnte man mit den Brennstäben das noch nasse Holz im Ofen zum Brennen bringen.

Der Frühling gibt uns neue Lebenskraft und Mut zum Neubeginn. Zuerst wird im Gemüsegarten gegraben und gesät. Auch ein Kartoffelfeld wird angelegt und der Garten wieder eingezäunt. Mit unserem Nachbarn, der noch ein Pferd besaß, fährt Mutter nach Litauen in die Stadt Gargsden zum Markt und bringt im Tausch gegen Kleidung und Sonstigem Hühner, Gänseeier zum Brüten und ein Ferkel mit. Nach dem Motto „Segen der Erde", wie Knut Hamsun sein Buch betitelte, geht es auch bei uns aufwärts.

Das Memelland wird nun von Litauern besiedelt. Zuerst bewohnen sie die verlassenen Bauernhöfe, dann drängen sie sich bei den Einheimischen auf. Der Bauernhof neben uns wird von einer netten Familie besetzt, die uns auch später das Land zu bestellen hilft. Natürlich werden diese Tage auf deren Feldern abgearbeitet.

Noch hat die Rote Armee in diesem Gebiet das Sagen. Eines Tages kommen Offiziere auf unseren Hof und nach Prüfung der Gebäude beschließen sie, hier ihren Offiziersstab und in der Schmiede die Feldküche einzurichten. Zum Glück dürfen wir bleiben und behalten die Hausseite mit der Küche; die Speisekammer wird gemeinsam genutzt. Ein junger Leutnant namens Leonard, der ein perfektes Deutsch sprach, war für die Schreibstube zuständig. Außerdem wohnten hier ein „Kapitan" (Hauptmann) und der Koch. Auch der Hauptmann sprach deutsch, und der Koch war sehr nett. Er versorgte uns auch mit Lebensmitteln, die meist aus USA stammten, wie Margarine, Maismehl und Konserven. Während andere Landsleute Plünderungen, Belästigungen auch mit Erschießungen ausgesetzt sind, wohnen wir nun friedlich mit den Soldaten nebeneinander. Wir danken unserem Schutzengel.

Der 8. Mai 1945 ist nicht nur für das Militär ein Freudentag, sondern auch wir freuen uns, daß der Krieg nun endlich vorbei ist. Es ist ein herrlicher Maientag und es kommen viele Soldaten auf unseren Hof, um zu feiern. Ein Schifferklavier bringt Stimmung und es wird getanzt und gesungen. Der Koch gibt sein Bestes und deckt eine lange Tafel in der Schmiede. Zum Glück gab es keinen Alkohol.

Die Einquartierung blieb noch mehrere Monate. Oft plauderte man mit den Soldaten. Vor allem Leonard, der als junger Bursche für die Schreibstube zuständig war und somit viel Zeit hatte, unterhielt sich oft mit mir. Er erzählte, daß er aus St. Petersburg kam und dort auch als Spion ausgebildet wurde. Oftmals hätte er sich unter das deutsche Militär begeben müssen. Aber einmal wäre er mit losem Kleingeld in der Tasche zurückgekommen und hätte von seinem Vorgesetzten eine „Standpauke" erhalten, ob er als Spion auffliegen wolle, denn ein Deutscher trage sein Kleingeld stets im Portemonnaie. Da die Soldaten zur Feldküche kamen, hielten sie sich länger auf unserem Hof auf und machten öfter die Bemerkung: „Die Deutschen sind besiegt, jetzt wird es nie wieder Krieg geben". Meine kindliche Bemerkung war: „Kriege hat es schon immer gegeben und es wird sie wieder geben". Dieses hörte auch der Adjutant eines Majors, der auf einem anderen Bauernhof einquartiert war. Als ich einige Tage später bei der Bäuerin eine Kanne Milch holen sollte, bekam ich vom Major eine Rüge mit der Bemerkung, falls ich noch einmal sagen täte, es könnte wieder mal Krieg geben, würde er mir die Zunge rausschneiden. Das war meine erste Lektion: „Mundhalten" auch als Kind.

Eines Tages kam ein Offizier mit einem schönen Reitpferd, das von allen bewundert wurde. Einige Soldaten machten Probereiten, zumal auch der Sattel etwas Besonderes war. Auch ich sollte es probieren und lies es mir nicht zweimal sagen. Kaum saß ich im Sattel, galoppierte das Pferd davon, so daß ich mich vor Schreck nur noch an den Sattel klammern konnte. Wahrscheinlich hatten die Soldaten sich einen Spaß erlauben wollen und dem Pferd absichtlich einen Schmerz zugefügt. Erst nach ca. 800 Metern auf der Chaussee konnte ich mit festem Zügelzug nach links das Pferd auf einem Acker zum Stehen bringen. Ein Sturz auf der Steinstraße hätte mir auch den Tod bringen können. Dann ritt ich gemächlich zurück, wo mir schon einige Soldaten entgegenkamen, die sich wohl mehr freuten, daß sie das Pferd wiederbekamen. Dies war meine zweite Lektion: „Traue den Leuten nicht".

Es war Juni und meine Mutter sowie meine Schwester mähten mit der Sense das Heu. Plötzlich stieß die Sense meiner Schwester gegen eine Eiergranate. Sie hob diese auf und warf sie in einen Graben, wo die Granate laut explodierte. Der Knall war auch in unserem Hause nicht zu überhören. Besorgt liefen die Soldaten und ich zum Feld und waren froh, daß niemand verletzt wurde.

An meinem zwölften Geburtstag besuchte mich, wie immer, meine Freundin Ruth. Seit einem Jahr hatten wir keinen Schulunterricht. Die Freizeit verbrachte man mit Lesen, denn der Büchertausch unter uns verbliebenen Deutschen funktionierte. Wir hatten immer noch keine Gemeindeverwaltung, keine Post, keine Geschäfte. Aber es gab einen Markt in Memel, wo man versuchte für Eier, Beeren, Pilze oder persönliche Gegenstände, einige „Tscherwonitz" (die damalige russischen Währung) zu bekommen. Der Rubel wurde erst ein paar Jahre später nach der Währungsreform Hauptzahlungsmittel. Die Besiedlung unseres Landes mit Litauern war fast beendet. Die Amtssprache war jetzt litauisch, die wir nun lernen mußten. Im September wurde in unserer alten Volksschule in Groß-Jagschen wieder Unterricht erteilt. Es war eine Grundschule mit vier Klassen und einem Lehrer. Obwohl wir beide mit Ruth in der sechsten Klasse der deutschen Schule gewesen waren, meldeten wir uns hier in die vierte Klasse an. Gleich am ersten Tag gab es ein Diktat, worüber der Lehrer nur noch schmunzeln konnte. Danach brachte er uns erstmal das litauische Alphabet bei. Wir lernten schnell – auch die litauische Sprache, obwohl man ohne Wörterbuch viele Worte erraten mußte. Russisch war ebenfalls auf dem Stundenplan.

Ende September zog das russische Militär aus unseren Dörfern ab. Nun hatten wir wieder das Haus für uns alleine. Der Winter mit seinen Schneestürmen und Kälte bis -28 °C kam. Es nahte die Weihnachtszeit und ich beschloß, mir einen Tannenbaum aus dem Wald zu holen. Somit stiefelte ich durch den mir bis zum Bauch reichenden tiefen Schnee einen Kilometer weit und kam mit einem schönen Bäumchen heim. Da wir nur ein leeres Haus vorgefunden hatten, war es klar, daß wir weder Baumschmuck noch Kerzen hatten. Wir belegten die Äste mit Watte, hingen bunte Schleifen, Plätzchen und Äpfel dran. Somit war es am Heiligabend doch etwas weihnachtlicher.

Einsam vergingen die Wintermonate. Man hat gestrickt und gelesen. Aus Mangel an Büchern begann ich die Bibel zu lesen, die ich fast durchgelesen hatte. Im Frühling 1946 kamen zwei Männer mit einem Panjewagen, davon einer mit Maschinengewehr, und schauten sich unsere Wohnung an. Sie erblickten mein Regal mit den Büchern, vor allem Lehrbücher von der Mittelschule, und nahmen diese samt Bibel und meinen Zeugnissen mit. Angeblich wäre die deutsche Sprache verboten. Die Willkür einzelner Litauer war groß, denn was das russische Militär nicht beanstandete, war denen ein Dorn im Auge.

Eines Tages kamen zu uns zwei junge Männer in Zivilkleidung und sprachen deutsch; es waren entlaufene Kriegsgefangene, die es geschafft hatten, vom Ural bis ins Memelland zu kommen. Nachdem sie uns eine Weile beobachtet hatten und heraushörten, daß wir deutsch sprachen, faßten sie zu uns Vertrauen und kamen aus ihrem Versteck. Sie erzählten, daß sie nur nachts gewandert bzw. auf Güterzügen gefahren sind. Bei einer Kontrolle auf einem Bahnhof hätte ein Wachsoldat sie gesehen und dennoch nichts unternommen. „Jetzt glauben auch wir wieder an Gott und unseren Schutzengel, sonst wären wir nicht soweit durchgekommen", meinten sie. Mutter bewirtete die beiden Herren, packte reichlich Proviant ein und wünschte ihnen weiterhin viel Glück, denn sie wollten über Ostpreußen in den Westen gelangen.

Einem Neusiedler muß die Lage unseres Hauses sehr gefallen haben und beanspruchte die Wohnhaushälfte der Straßenseite; ebenso den Stall und die Scheune. Er zog mit seiner fünfköpfigen Familie bei uns ein und man versuchte friedlich miteinander auszukommen. Uns blieb nur noch das halbe Wohnhaus, die Schmiede mit dem Schweinestall und der Holzschuppen. Bauernhöfe, die abseits lagen, waren nicht gefragt. Es kam auch vor, daß Neusiedler, die einen Bauerhof besetzten, die eigene Scheune als Brennholz benutzten, da die Balken schön trocken waren... wie bequem.

Wir lernten mit dem Wenigen auszukommen, das wir hatten. Besonders wir Kinder wuchsen aus unseren Kleidern heraus; am meisten fehlte uns das Schuhzeug. Immerhin hatten wir selbstgestrickte Wollstrümpfe und notfalls Holzschuhe. Dagegen mußten einige Neusiedlerkinder, wenn sie zu uns wollten, fast einen Kilometer barfuß über vereiste Straßen laufen. „Man muß nur ganz schnell laufen, dann friert man nicht", war deren Kommentar. Seit einem Jahr hatten wir keine Zahnbürsten, geschweige Zahnpasta. So etwas gab es auch nicht zu kaufen... demnach entfiel das Zähneputzen – wie bequem. Dieses rächte sich bald mit kaputten Zähnen und wahnsinnigen Zahnschmerzen. Ärzte gab es in unserer Gegend vorerst nicht, und womit hätte man sie auch bezahlen sollen?

Schmerztabletten hatten wir nicht und somit war man in seiner Not für jeglichen Rat alter Frauen empfänglich. Man tupfte den Extrakt einer Tollkirsche auf den Kiefer, versuchte den Rauch eines schmorenden Bernsteins durch den Mund einzuatmen und nicht zuletzt sich mit einer Zange selbst den Zahn zu ziehen. Nichts half.

Die Abschlußprüfung für die vierte Klasse der Grundschule war Mitte Mai 1946. Dieses Examen fand in der fünf Kilometer entfernten Plicker Schule statt, das wir fünf Schüler unserer Klasse mit Bravour bestanden. Nun sollte in Plicken ein Progymnasium eingerichtet werden. Nach Rücksprache mit den Eltern meldeten sich von unserer Grundschule nur wir drei deutschen Mädchen an; für die anderen war die Schulzeit beendet. Die dreimonatigen Sommerferien nutzte man für die Landarbeit.

Mutter war wiedermal in die Stadt zum Markt gefahren. Dort wollte eine Zigeunerin unbedingt Mutter

21

aus der Hand lesen und erzählte ihr unter anderem, daß wir in kürze einen Brief erhalten würden, daß ein Angehöriger heimkäme und daß Mutter 78 Jahre alt würde. Alles schön und gut, nur woher sollte ein Brief kommen, wenn es noch keinen Postverkehr gab. Doch welch Erstaunen, als nach ca. einer Woche ein ehemaliger Nachbar aus einem Gefangenenlager in Preußisch-Eylau heimkommend von Vater einen Brief mitbrachte. Einige Wochen später stand auch Vater halbverhungert auf unserem Hof und ich begrüßte ihn stürmisch. Auch er war froh seine Familie noch lebend zu Hause anzutreffen. Langsam kam er wieder zu Kräften und wir waren froh, einen Mann im Hause zu haben. Den weiten Weg aus dem Lager, das fast mitten in Ostpreußen war, mußte Vater zu Fuß bewältigen. Von Hunger entkräftet schleppte er sich mühsam voran in der Hoffnung, uns wiederzusehen. Da der Neusiedler unser halbes Wohnhaus besetzt hatte, mußten wir nun zu viert eine Stube teilen. Aber in Notzeiten rückt man zusammen und ist froh, daß man noch ein Dach über dem Kopf hat.

Im September begann wieder der Schulunterricht. Nun mußten wir täglich einen Schulweg von vier bis fünf Kilometern zu Fuß zurücklegen. Im Progymnasium durften wir drei – Ruth, Ingrid und ich – die fünfte Klasse überspringen und wurden gleich in die sechste eingestuft. In dieser Klasse waren wir nur sechs Schüler, was für uns von Vorteil war. Außer den anderen Fächern hatten wir als Fremdsprache russisch und englisch. Leider gab es keine Schulbücher... das Einzige waren Mathe- und litauische Grammatikbücher. Eine Landkarte gab es nur von der Sowjetunion, ansonsten mußte man sich die Länder, Flüsse und Berge nach Erzählung des Pädagogen vorstellen. Somit waren die

Lernbedingungen äußerst schwierig. Außer Turnen lernten wir auch schießen; das Fach hieß „Wehrertüchtigung".

In den Pausen sprachen wir drei Mädchen deutsch, was den anderen nicht gefiel; schon gar nicht den Lehrern. Wir beriefen uns auf Lenin, der gesagt haben soll, jeder darf seine Muttersprache pflegen.

Die Plicker Kirche hat den Krieg überstanden; nur unser Pfarrer war geflüchtet. Ein Laienprediger übernahm den Gottesdienst und auch die Unterrichtung der Konfirmanden. Dieses machte er gewissenhaft beziehungsweise 150-prozentig, denn wir mußten außer Psalmen und Geboten sehr viele Lieder auswendig lernen, was zusätzlich zum weiten Schulweg und langen Unterricht sehr erschwerend war. 1946 bekam ich ein altes Fahrrad geschenkt und war sehr froh, die fünf Kilometer zur Schule fahren zu können. Im Winter jedoch watete man durch bis zu vierzig Zentimeter Neuschnee über Feldwege und Bauernhöfe und kürzte somit den Weg um einen Kilometer ab. Oftmals in Begleitung der nicht angebundenen, zähnefletschenden Hofhunde.

Nach und nach beschaffte Vater sich vom Trödelmarkt Handwerkszeug und begann wieder in der Schmiede zu arbeiten. Er reparierte Ackergeräte, betätigte sich als Hufschmied und flickte Blecheimer- und schüsseln. Die wirtschaftliche Lage verbesserte sich auch bei uns, obwohl man von dem Wenigen noch an den Staat Getreide, Kartoffeln, etc. abliefern mußte.

In litauischen Wäldern hielten sich noch immer litauische Partisanen auf. Es war ein regnerischer, stürmischer und stockfinsterer Abend, an dem Vater, meine Schwester und der Neusiedler in der Küche Skat spielten und Mutter im Holzschuppen unsere Kuh gemolken hat, als ich über den Hof zum „Örtchen" lief. Plötzlich mitten auf dem Hof Rufe „Stoi, ruki werch!'", d.h. „Halt, Hände hoch!'" auf russisch. Ich hob die Hände, sah dunkle Gestalten mit Maschinengewehren und Taschenlampen. Sie sahen, daß ich noch ein Kind war und fragten, wieso im Holzschuppen Licht brennt. Feige, wie sie waren, mußte ich vor ihnen in den Schuppen gehen und die Decke vom Verschlag in einer Ecke wegziehen, die als Kälteschutz für unsere Kuh angebracht war. Nun sahen sie Mutter beim Kuhmelken, und nach Überprüfung im Hause zogen diese drei Männer ab. Angeblich suchten sie Partisanen.

Es war im selben Winter, als bei unserem Neusiedler eines Nachts am Fenster geklopft wurde und sie ihn mit Namen aufforderten herauszukommen. Dieser jedoch kam zu uns hereingelaufen und versteckte sich unter Vaters Bett. Auch seine Frau stand auf einmal bei uns im Zimmer und meinte, es wären Partisanen. Zwei bewaffnete Männer durchsuchten nun auch unsere Räume und Frau Januttis behauptete fest, ihr Mann sei durch unser Zimmerfenster herausgesprungen. Der kommunistische Nachbar war Dank unserem Schweigen noch einmal davongekommen. Somit wurde mal der eine mal der andere in Schrecken versetzt. Unsere Nerven wurden ständig strapaziert.

Im Mai 1947 kehrten aus Ostdeutschland, vor allem aus Sachsen, einige Memelländer zurück. Es kümmerte sich niemand um sie. Ihre Bauernhöfe und Häuser waren zum Teil von Litauern besetzt. In Litauen warb man um Siedler mit großen Versprechungen, zum Beispiel Befreiung vom Militärdienst und finanzielle Unterstützung. Es gab auch Umsiedlungen von ganzen Dörfern aus Litauen, besonders aus waldreichen Gegenden, die von litauischen Partisanen kontrolliert wurden. Die Rückkehrenden aus Deutschland wurden häufig als

Landesverräter angesehen und wie staatsgefährdende Personen behandelt.

Für uns Schüler des Progymnasiums fand Mitte Mai eine dreitägige Prüfung statt, die wir alle sechs bestanden haben und in die siebente Klasse versetzt wurden. Bis zum September hatten wir nun Ferien und ich auch mehr Zeit, für den Konfirmanden-Unterricht zu lernen. Am 7. September 1947 wurden wir von Pfarrer Baltris in der Plicker Kirche konfirmiert. Für uns ca. 30 Konfirmanden war es ein feierlicher Tag, zumal die Kirche voll besetzt war und man endlich auch einige Verwandte wiedersehen konnte. Ansas Baltris wurde 1941 in Litauen zum Pfarrer ordiniert und 1945 erteilte ihm das Konsistorium der litauischen Kirche den Auftrag, wieder im Memelland zu wirken.

So schwer das Leben auch war, man versuchte das Beste daraus zu machen. Memel, unsere Kreisstadt, war für die Landbevölkerung tabu. Dennoch gelang es unserem netten litauischen Nachbarn eine Wohnung in der Stadt zu bekommen. Die Industrialisierung ging nur langsam voran, daher gab es auch kaum Arbeitsplätze. Meine 18-jährige Schwester konnte bei den ehemaligen Nachbarn wohnen und begann eine Schneiderlehre. Natürlich mußte man sie von zu Hause mit Lebensmitteln versorgen. Endlich gab es in der Stadt auch wieder Krankenhäuser und Ärzte – nur auf dem Lande mußte ich mich weiterhin mit Zahnschmerzen plagen. Für die anderen Wehwehchen gab es Kräutertees usw.

Auch dieser Sommer verging. Es kam der Herbst mit Erntearbeit, der Schulunterricht begann und auch der Winter verging ohne besondere Vorkommnisse. Wir hatten uns mittlerweile in die litauische Gesellschaft integriert. Es herrschte wieder Ordnung im Lande. Wir erhielten Post aus Westdeutschland, es gab eine uniformierte Polizei usw. Meine Schwester mußte wegen einer Blindarmoperation ihre Lehre abbrechen und wohnte nun wieder zu Hause.

Die Deportation

Es war ein herrlicher Samstagmorgen im Frühling, der 22. Mai 1948, als wie ein Donnerschlag die Nachricht kam, daß viele Memelländer in der Nacht verschleppt wurden. Die Schreckensmeldung ging wie ein Lauffeuer durchs Land. Da wir noch verschont geblieben waren, jedoch Böses ahnten, war noch die Überlegung, ob man nicht untertauchen sollte. Die Befürchtung, ohne Gepäck, schlimmstenfalls getrennt, verschleppt zu werden, ließ uns weiterhin im Hause verharren. Wir ergaben uns unserem Schicksal, sorgten jedoch für alle Fälle vor und schlachteten unser Schwein. Die besten Stücke davon wurden kräftig gesalzen und kamen in ein Fäßchen. Auch sonst bereitete man sich für einen Abtransport vor.

Der Tag verging, auch die Nacht blieb ruhig, so daß wir die Hoffnung schöpften, noch einmal verschont worden zu sein. Den Gedanken, an diesem Sonntag, dem 23. Mai, zur fünf Kilometer entfernten Kirche zu gehen, ließen wir auch fallen. Doch dann um 14:00 Uhr stand auch ein Lastwagen auf unserem Hof und zwei bewaffnete Männer sprangen herunter und stürmten in unser Haus. Es kam der Befehl, innerhalb von 30 Minuten zu packen, und zwar bis zu zehn Zentner. Da man nur ein paar Koffer besaß, kam alles in Säcke, das Bettzeug wurde gebündelt und der Vorrat an Lebensmitteln, soweit vorhanden, mitgenommen. Wir hatten noch bei weitem nicht das erlaubte Gewicht an Gepäck erreicht, als bereits zum Aufbruch gedrängt wurde. Von meiner schönen Puppe, die ein Seemann aus Norwegen mitgebracht hatte, mußte ich mich schweren Herzens trennen. Trennen mußten wir uns auch von Teddy, unserem

27

Hofhund, der uns traurig hinterherschaute, als wir das Grundstück verließen. Unsere Hausnachbarn waren sicherlich froh, unser Vieh und den Hausrat „geerbt" zu haben. Vater fragte den „Milizionär", warum wir verschleppt werden, denn wir hätten doch nichts verbrochen. „Weil ihr Deutsche seid", war die kurze Antwort. Die Deportationen aus Litauen im Juni 1941 setzten sofort nach dem Kriege wieder ein. In den Jahren zwischen 1945 und 1947 wurden litauische Familien, man spricht von über 12.000 Personen, hinter den Ural und weit nach Sibirien verschleppt. Diese Deportationen haben das Memelgebiet nicht berührt. Erst im Mai 1948 wurde die Verschleppungsaktion „Wesna" (Frühling) im Memelland gestartet.

Drei Jahre nach Kriegsende, da in Deutschland der Aufbau begann und die Menschen voller Hoffnung in eine bessere Zukunft blicken konnten, begann für uns erst das Elend.

Unser Lastwagen fuhr geradewegs nach Memel, und zwar zum Güterbahnhof. Wir wurden in einen Viehwaggon verladen, in dem schon eine Familie das eine Ende belegt hatte. Wir besetzten das andere Ende des Waggons, wo auch noch eine Pritsche zum schlafen war. Nach und nach kamen noch einige Familien hinzu. Die Tür wurde geschlossen und der Zug rollte durch die Nacht. Irgendwo in Litauen wurden noch einige Familien in unsere Waggons gepfercht, so daß man ganz eng nebeneinander saß. Dann rollte der Zug nach Osten, begleitet von Wachsoldaten. Nur einmal am Tage durfte man auf einem freien Feld unter Bewachung seine Notdurft verrichten; ansonsten mußte jeder sehen, wie er damit klarkam. Drei Tage gab es nichts zu essen. Wer nichts mithatte, mußte hungern, wie zum Beispiel ein Student, der weder Familie noch Gepäck hatte. Jeder kämpfte hier ums eigene Überleben.

Zuweilen hielt der lange Gefangenenzug auf einer Station, um Kohle und Wasser für die Lokomotive aufzunehmen. Die Türen unserer Waggons blieben verschlossen, nur durch die zwei kleinen Fenster konnte man ins Freie schauen, wo Frauen auf den Gleisen standen und Tee, Milch und Brot verkauften. Mittels einer Schnur wurden Kannen oder Körbe mit Rubel heruntergelassen und somit konnte man sich wenigstens mit Getränken versorgen.

Langsam näherten wir uns dem Ural und man merkte, daß die Lokomotive es schwer hatte, diesen langen Zug bergauf zu ziehen. Stundenlang ging die Fahrt über das bewaldete Mittelgebirge und dann waren wir in Swerdlowsk auf sibirischem Boden. Niemand wußte, wohin die Reise geht; nur eines war klar – immer gen Osten. Am Abend liefen wir in Tscheljabinsk ein, diesem wichtigen Eisenbahnknotenpunkt. Hier beginnt die transsibirische Eisenbahn, die Europa mit dem Fernen Osten verbindet.

Endlich gab es was zu essen... warmes Essen. Zwei Leute pro Waggon wurden abgeordnet, die Essensrationen zu holen. Es gab Kohl- und Graupensuppe und etwas Brot. Immerhin gab es etwas, denn die eigenen Vorräte waren verbraucht.

Sibirien ist groß, und wir fuhren und fuhren im Schneckentempo über unbebautes Land. Nur selten sah man eine Ortschaft, wenn überhaupt, denn jeder wollte mal einen Blick durch das kleine Lukenfenster werfen. Wir hatten uns nun lange nicht mehr waschen können und verlausten langsam, zumal eine Familie die Viecher schon aus Litauen mitgebracht hatte. Der Tagesablauf wiederholte sich: einmal mußte die Lok auftanken, es gab für uns die Essensrationen und einmal hielt der Zug am frühen Morgen auf einem freien Feld für die Notdurft. Dann kamen wir nach Omsk und wurden unter Bewachung zu einer Entlausungsstation gebracht. Getrennt nach Männlein und Weiblein mußte man sich aller Kleider in einer Halle entledigen und es war sicherlich allen peinlich, nun nackt in einer Menschenmenge zu stehen. Dann ging es endlich unter die Dusche. Welch eine Wohltat!

Über Nowosibirsk und Tomsk ging es weiter nach Krasnojarsk. Hier wurden wir erstmal für drei Tage in Baracken untergebracht. Den Schriftzeichen nach, die in Mengen auf Wänden und Balken waren, müssen japanische Kriegsgefangene davor in diesen Räumen gelebt haben. Circa 5000 Kilometer hatten wir nun mit der Bahn zurückgelegt und sind immer noch nicht am Ziel. Drei Tage verharrten wir in den Baracken von Krasnojarsk, einer Industriestadt von seinerzeit an die 600.000 Einwohner. Dann werden wir wieder auf Lastwagen verladen und am Ufer des Jenisej abgesetzt. Beeindruckend ist die Breite und Strömungsgeschwindigkeit dieses Flusses, der 3605 Kilometer durch die Taiga bis zum Eismeer fließt.

Zum ersten Mal müssen wir im Freien übernachten und sind froh, daß es Mitte Juni ist. Am nächsten Morgen kommt ein Passagierschiff, das uns aufnimmt. Gegen Abend legte es ab und wir schwammen auf dem breiten Strom dem Norden zu. Ängste und Sorgen bedrückten uns, denn zu den Eskimos wollten wir schon gar nicht. Die Reise dauerte zwei Tage, dann legte das Schiff in Strelka an, und zwar an der Mündung des Nebenflusses Angara.

Es war der 14. Juni 1948, als wir den Befehl bekamen, das Schiff zu verlassen und unser Gepäck auf dem

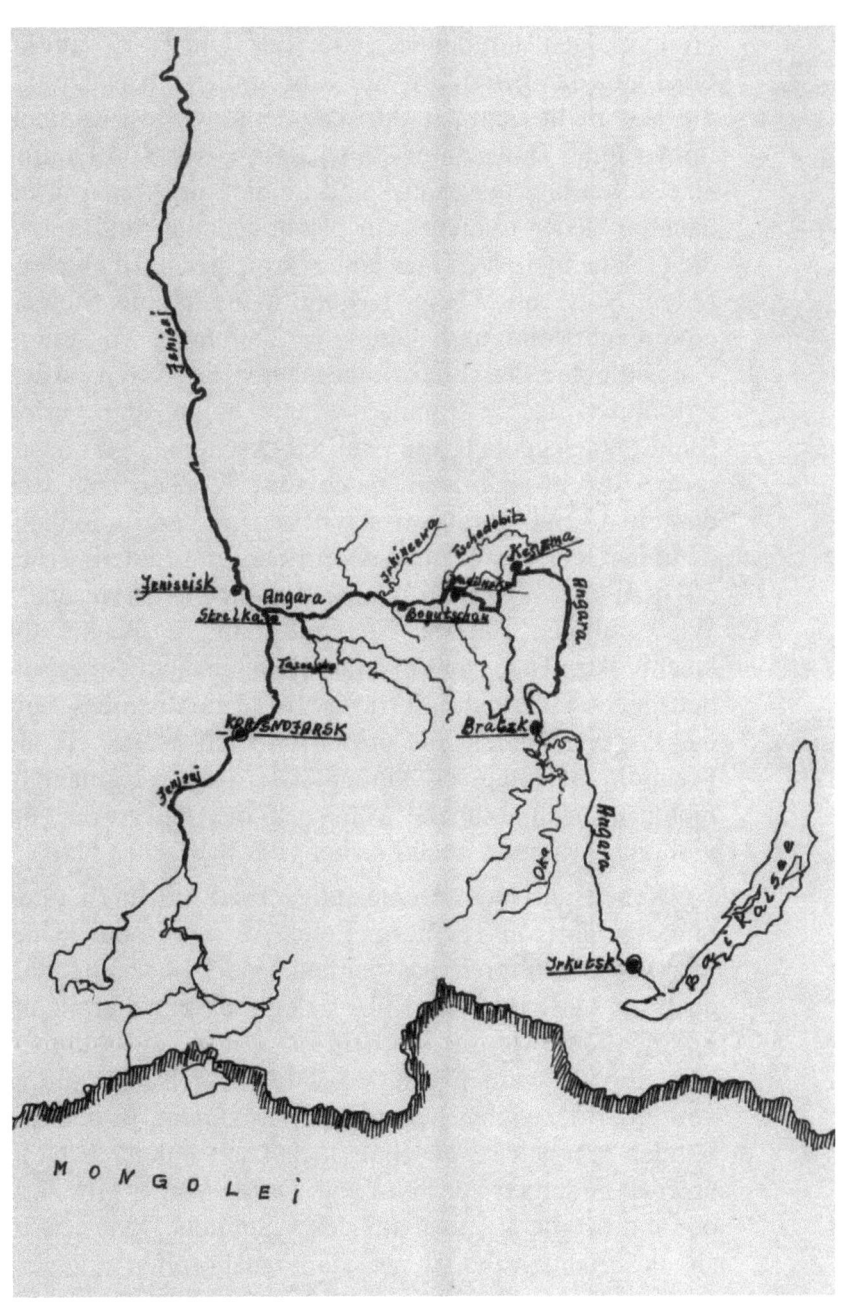

31

breiten, flach abfallenden Ufer des Jenisej zu lagern. Oberhalb der Böschung war eine größere Ansiedlung, die wir nicht betreten durften, denn wir waren noch immer unter Bewachung. Schätzungsweise 100 Familien wurden hier ausgesetzt und mußten im Freien übernachten. Jeder richtete sein Nachtlager her und nutzte die Gelegenheit, sich hier eine warme Mahlzeit zuzubereiten. Nahe am Wasser bastelte man sich aus Steinen eine Feuerstelle und sammelte Treibholz, vor allem Äste, die hier reichlich angeschwemmt waren. Auch wir holten unsere Pfanne vor und hatten zum ersten Mal die Gelegenheit, ein paar Speckscheiben von unserem Schwein zu braten. Nach fünf Wochen Diät war das ein Genuß. Trinkwasser hatten wir nun reichlich, denn der Jenisej war unerschöpflich. Zum Baden war es noch zu kalt, aber man konnte sich ausgiebig waschen. Wir schliefen unterm Sternenhimmel – Nacht für Nacht. Am Tage schloß man Bekanntschaft mit Leidensgenossen. Auch ich traf ein Mädchen namens Milda. Wir verstanden uns prima, und ich hoffte, sie als Freundin behalten zu können. Die Tage vergingen – nichts tat sich. Manche Männer fingen an zu angeln; vielleicht waren es auch Fischer vom Kurischen Haff?

Neben uns lagerte eine junge Frau mit ihren fünf- und achtjährigen Töchtern. Eines Abends in der Dämmerstunde schliefen die beiden Mädchen schon, und auch ich hatte mich zu Ruhe gelegt, als plötzlich deren Federbetten, wie mit Benzin begossen, in Flammen standen. Sie wurden wahrscheinlich durch Funkenflug von einer der vielen Feuerstellen entzündet. In den Sekunden war ich so geschockt, daß ich nur noch mein eigenes Federbett zur Seite zog. Deren Mutter eilte herbei und riß die Kleinste aus den Flammen. Dann rettete sie die Achtjährige, deren Haut auch schon arg verbrannt war. Andere Erwachsene kamen zur Hilfe und löschten das Feuer. Auch die Mutter hatte nun Verbrennungen an Gesicht und Händen; sogar die Haare waren verschmort. Kein Arzt, keine medizinische Hilfe... die unsagbaren Schmerzen, die vor allem die Achtjährige ertragen mußte, waren eine Tragödie.

Meinen 15. Geburtstag erlebte ich am siebenten Tag am Ufer des Jenisej romantisch am Lagerfeuer. Das Juniwetter war angenehm, die Nächte wurden kaum dunkel, denn es war Johannizeit. Der Jenisej floß ruhig dahin, ab und zu kam ein Kutter vorbei und man schaute den Fischern in ihren Booten zu.

Endlich, nach einer Woche, kam wieder Bewegung in unser Dasein. Vor uns legte ein Schlepper mit vier großen Lastkähnen an. Bootstege gab es hier nicht, so daß man über schräg nach oben laufende Holzplanken nunmehr seine Habe auf diese Lastkähne tragen sollte. Diese circa 20 Meter langen „Elimkas" waren nicht überdacht und somit waren wir, etwa einhundert Familien, wiederum Wind und Wetter ausgesetzt. Als alle Kähne voll belegt waren, zog der Schlepper uns eine kurze Strecke den Jenisej entlang und bog dann rechts in den Nebenfluß Angara ein. Dieser schnellfließende Fluß entströmt dem Baikalsee, ist 1853 Kilometer lang und hat eine Breite von zwei bis vier Kilometern, aber stellenweise auch mehr. Von der Angara aus sehen wir nun auch die Blockhäuser von Strelka, dann nur noch bewaldete Berge und alle 20-50 Kilometer ein Dorf. Wegen der starken Strömung zieht der Schlepper unsere Lastkähne etwa 100-200 Meter vom Ufer entfernt, aber manchmal auch in der Mitte des Flusses, immer der gekennzeichneten Fahrrinne entlang. Die Angara hat viele Untiefen und Stromschnellen. Auf der rechten Seite fahren wir am Nebenfluß Taseewa vorbei, später sehen wir links die Mündung des Flusses Irkineewa. Wir haben jedoch kein Auge für die schöne Landschaft, sehen nur die Gefahren, denen man ausgesetzt ist.

Als Verpflegung bekommen wir Haferbrot zugeteilt, das ziemlich feucht und mit Haferschlauben durchsetzt ist. Trinkwasser spendet nun die Angara. Kein Wunder, daß viele an Durchfall erkrankt sind, vor allem Kinder und alte Leute. Da unser Prahm kein Plumpsklo hat, müssen wir über eine wackelnde Bohle uns zum nächsten Prahm herüberbalancieren. Dies geschah stets unter Lebensgefahr, denn wer konnte von uns schon schwimmen... Außerdem wäre man bei voller Fahrt sofort unter die nachfolgende Prahm geraten. Manche versuchten es über ein Beiboot und wären fast ertrunken.

Die Nächte auf dem Wasser sind kühl und im Morgengrauen bildet sich eine dicke Nebelschicht auf der Angara. Wir frösteln und verkriechen uns noch mehr unter die Federbetten. Das Stöhnen der Kranken, besonders das Wimmern der Achtjährigen mit der verbrannten Haut, läßt uns nicht zur Ruhe kommen. Es ist bedrückend, daß man niemandem helfen kann.

Hinter einer starken Biegung hören wir ein immer stärker werdendes Wasserrauschen und sind erstaunt, daß unser Schleppzug am Ufer hält. Für alle, die noch gehen können, kommt der Befehl zum Aussteigen. Hier ragen bis über 50 Meter hohe Felsen, teils aus tiefem Wasser, steil empor und wir werden über einen Trampelpfad in den Wald geführt. Plötzlich stehen wir vor einem circa 20 Meter breiten Nebenfluß, und zwar der Mura. An der Mündung vermischt sich dieses tiefschwarze Wasser mit dem klaren blauen Wasser der Angara. Nun sollten wir in ein kleines Boot steigen, das wackelig wie eine Nußschale war, besonders wenn unbeholfene, dicke Bäuerinnen es betraten, und wurden mit acht bis zehn Personen auf das andere Ufer übergesetzt. Anschließend wanderten wir eine lange Strecke die Angara entlang und kamen wieder ans Ufer. Erst hier sahen wir die gewaltige Stromschnelle, die aus dem Wasser ragenden Steine und Felsen, den „Murskij Porog". Der Schlepper versuchte nun die Lastkähne einzeln stromaufwärts zu ziehen, was ihm leider nicht gelang. Dann mußten unsere jungen Leute, auch meine Schwester, zur Unterstützung treideln. Erst so gelang es, alle vier „Elimkas" wieder ins ruhige Gewässer zu bringen. Dies ist also Sibirien mit seiner Härte und seinen Strapazen.

Die Fahrt ging nun weiter bis Bogutschan, einer Kleinstadt. Mittlerweile hatten wir auf unseren Lastkähnen zwei Tote zu beklagen; eine Mutter, die ihre Kinder den Großeltern hinterließ, und einen Säugling. Als die Verstorbenen auf dem Friedhof beigesetzt waren, wurde noch Proviant an Bord gebracht und der Schlepper mit Treibstoff versorgt. Über 300 Kilometer waren wir nun vom Jenisej entfernt und es ging weiter stromaufwärts nach Osten. Nur noch einige Bewacher begleiteten uns, aber niemand verriet das Endziel.

Im Kolchos

Am späten Abend, dem 27. Juni 1948, erreichten wir nach etwa weiteren 200 Kilometern das Dorf „Kadinska Saimka". Für uns, circa 20 Familien, war dieser Ort zur Ansiedlung bestimmt. Wir trugen unser Gepäck ans Ufer und winkten den nun Weiterfahrenden hinterher. Vom Ufer aus sahen wir auf der vier Meter hohen Böschung viele Bretterbuden und Holzverschläge, worüber wir sehr geschockt waren. Dazu kamen noch die Mücken und Moskitos in Schwärmen... es war fürchterlich. Dauernd hatte man die Moskitos in den Augen und im Mund; mit Vorliebe bissen diese sich an den Augenliedern fest. Manche Landsleute hatten Gardinenstoffe mit und teilten sie mit uns. Somit konnte man sich etwas vor der Moskitoplage schützen. Diese kleinen fünf bis sechs Millimeter langen schwarzen Moskitos nannten die Einheimischen „Moschka" und schützten sich dagegen, außer mit Netzen, durch Einreiben der Hände, Arme und Gesicht mit noch flüssigem Birkenteer.

Das Mädchen Milda hatte ich seit Strelka nicht mehr gesehen, aber Erika, die mit ihrer Familie bereits im selben Waggon mit uns war, gehörte nun auch zu dieser Gruppe. Gemeinsam schauten wir uns um und sahen zwei Russenmädchen auf uns zukommen. Sie sprachen uns an, und da wir ein wenig russisch konnten, erzählten wir etwas von uns. Sina und Nina waren etwa in unserem Alter, zwei Freundinnen, die uns nun ihr Haus zeigen wollten. Die Zufahrt zum Dorf verlief schräg die Böschung hoch, dann waren wir oben im Ort und sahen, daß die Bretterbuden am Fluß nur die Ställe und Holzschuppen waren. Die Wohnhäuser waren, wie üblich, aus Rundholz erbaut, hatten aber alle Gardinen und Blumen vor den Fenstern. Sinas Elternhaus war neueren Baujahres, daher größer und schöner. Wir wurden ins Haus gebeten und sahen weiß gekalkte Wände, schöne Gardinen und blühende Geranien vor den Fenstern sowie einen sauberen Fußboden, als wären die Dielen frisch gehobelt. Natürlich durfte der typische russische Ofen auch hier nicht fehlen. Sinas Mutter bot uns eine Tasse Milch an, danach eilten wir wieder zu unseren Eltern zurück. Begeistert erzählten wir den Leuten, daß es im Dorf zivilisiert zugeht und man bekam neuen Lebensmut.

Mittlerweile hatten die Dorfältesten die Quartiere für uns aufgeteilt. Mit einem Pferdefuhrwerk wurde unser Gepäck nach oben gebracht. Wir erhielten ein Blockhaus mit einem großen Raum, in dem in der Mitte ein gußeiserner Herd stand. Vier Familien mußten sich nun die Ecken aufteilen, und wir waren froh, daß wir alle Memelländer waren. Vierzehn Personen zählte nun unsere „Kommune". Doch das Problem hat sich schnell gelöst, denn nach einigen Tagen wurden alle Arbeitsfähigen von 16-60 Jahren in die Taiga zur Waldarbeit gebracht; u.a. auch mein Vater und meine Schwester. Dort wohnten sie in Baracken nach Geschlechtern getrennt. Die Sommersaison hatte gerade begonnen und die im Winter gefällten und am Ufer gestapelten Baumstämme wurden in den Fluß gerollt und zu Flößen gebunden. Mein Vater erkrankte dort schwer und kam mit hohem Fieber wieder zu uns zurück.

Dieses Dorf war ein „Kolchos", eine landwirtschaftliche Genossenschaft. Die Bewohner waren ehemalige Großbauern, sogenannte „Kulaki", die 1933-35 aus dem europäischen Gebiet hierher verschleppt wurden. Immer wieder wurde erwähnt, wie gut wir es doch angetroffen hätten, denn wir sind in fertige Häuser gekommen, während sie im Winter auf einem tiefverschneiten Ufer abgeladen worden sind. Sie mußten sich die Bäume selber fällen und aus dem nassen Holz ihre Baracken bauen. Die Hälfte der Deportierten, vor allem Alte und Kinder, wären im ersten Winter verstorben. Dieser „Kolchos" muß Anfang der vierziger Jahre ganz gut gewirtschaftet haben. Es gab eine Schmiede, eine Wassermühle, eine Gemeinschaftssauna, einen „Tante Emma"-Laden und Ställe. Das Ackerland war hügelig und erstreckte sich circa drei Kilometer am Ufer entlang, während in der Breite schon nach ungefähr 800 Metern die bewaldeten Berge begannen. Ein kleiner Bach durchfloß diesen Ort.

Vor unserer Ankunft wurden die deportierten Bewohner dieses Dorfes als freie Bürger entlassen und durften in ihre angestammte Heimat zurückkehren. In Anbetracht der nun leerstehenden Häuser müssen viele Russen davon Gebrauch gemacht haben. Somit gab es im Dorf keinen Schmied, keinen Müller, keinen Maurer. Als der Dorfälteste, der „Predsedatel", erfuhr, daß mein Vater von Beruf Schmiedemeister ist, wurde er sofort für den Kolchos engagiert und für Schmiedearbeiten eingestellt. Im allgemeinen waren die Arbeiter unseres Transportes nur für die Holzindustrie vorgesehen. Die Chefs, sogenannte „Natschalniks", verständigten sich untereinander und somit war Vater freier Mitarbeiter, während die Russen Genossenschaftsmitglieder waren. Wir bekamen sofort eine Wohnung, das heißt die Hälfte eines Doppelhauses, das aber nur aus einem Raum bestand, in dem außer einem großen, russischen Ofen noch ein gußeiserner Herd, zwei Betten, Tisch und Stühle waren. In der Mitte des Raumes war unter den Holzdielen eine Luke zum Kartoffelkeller. Außerdem gehörte zum Haus ein kleiner Garten, als

Anbau ein Holzschuppen und über dem Weg ein kleiner Stall. Glücklich zogen wir hier ein.

Nach und nach durften auch die anderen Familien die leerstehenden Häuser beziehen. Insgesamt waren wir nun elf deutsche und acht litauische Familien. Der Gedankenaustausch zwischen Landsleuten war besonders für unsere Eltern sehr wichtig. Wir Kinder befreundeten uns schneller mit Litauern und Russen, so daß wir auch schneller die russische Sprache beherrschten.

In Gefängnissen wurden die Leute noch verpflegt, für uns gab es nichts... keine Rente, keine Gemeinschaftsküche. Die Waldarbeiter, die Verdiener der Familien, bekamen selbst so wenig Brot, daß sie am Sonntag, wenn sie heimkamen, kaum Brot oder andere Lebensmittel mitbringen konnten. Hunger war der ständige Begleiter. Man tauschte Bettwäsche und Kleidung gegen Kartoffeln oder Brot. Nicht einmal für Geld gab es in den Geschäften etwas zu kaufen. Das Salz, das man noch kaufen konnte, war grau und grob sowie mit Steinchen versetzt; wahrscheinlich kam es direkt aus dem Bergwerk.

Der Sommer 1948 war für uns alle sehr hart. Immer wieder trug man Landsleute zu Grabe, vor allem alte Leute. Die Angara war so fischarm, daß angeln zwecklos war. Mein Vater, als Schmied, bekam nun sein Kilo Brot pro Tag und ab und zu etwas Mehl. Dann begann er für die russischen Familien Messer und Nägel zu schmieden, das Blechgeschirr zu löten und so weiter. Diese Privatinitiative brachte uns so manchen Liter Milch, Sahne oder Butter ein. Somit waren wir immer besser dran, als die anderen Leidensgenossen.

Eines Tages bekam Vater mit Genehmigung unseres „Kolchoses" einen Großauftrag vom „Lespromchos", der Waldwirtschaft, Bootsnägel zu schmieden; hierfür bekam man Rubel. Außerdem wurde mein Vater gebeten einen Saunaofen zu mauern, denn die Gemeinschaftssauna war schon seit vielen Monaten außer Betrieb. Was das für einen Russen bedeutet, weiß man ja. Obwohl mein Vater keine Erfahrung mit Saunaöfen hatte, nahm er den Auftrag an. Er ließ Granitsteine und andere mächtige Steinbrocken heranfahren und begann zu mauern. Ich betätigte mich als Handlanger und Dolmetscher für gut gemeinte Ratschläge der einheimischen alten Herren. Der Saunaofen war gut gelungen und der erste Saunatag wurde von der Bevölkerung richtig gefeiert. Es war üblich, daß die Frauen am Freitag und die Männer am Samstag badeten. Dazwischen gab es auch Termine für Familienbadestunden. Als Dank wurden auch wir dazu eingeladen.

Obwohl im Dorf auch litauische jüngere Männer waren, baten die Vorgesetzten wiederum meinen Vater, nunmehr die Wassermühle in Stand zu setzen. Trotz aller Bemühungen gelang diese Reparatur meinem Vater nicht. Das Getreide mußte weiterhin in einem zwanzig Kilometer entfernten Dorf gemahlen werden. Allein der Transport auf dem Wasserweg dorthin war sehr mühsam. Im allgemeinen war die wirtschaftliche Lage schlecht. Die Kühe gaben nur 5-6 Liter Milch pro Tag, die Schweine sahen wie Wildschweine aus... mager und mit langen Borsten. Die Pferde waren klein und geschwächt, denn Traktoren und Mähdrescher gab es bis zu dem Zeitpunkt nicht.

Dem Kind mit den großen Brandwunden, die zu eitern begannen, ging es von Tag zu Tag schlechter. Um sich zu ernähren hatte die Mutter fast alles was sie besaß verkauft und war auf die Hilfe der Nachbarn angewiesen. Als ich eines Tages das kranke Mädchen wie-

41

der besuchte und ihr ein Liter Milch brachte, weinte die Mutter bitterlich und das sterbende Kind flehte: „Mammilein, weine doch nicht". Nach ein paar Tagen haben wir auch sie zu Grabe getragen. Danach erhielt die Frau die Genehmigung, fünfzig Kilometer weiter zu ihren Bekannten zu ziehen. Nach Jahren kam auch ihr Mann nach Sibirien, der bis dahin als politischer Gefangener in Gefängnissen gesessen hatte.

Wer nichts sät, kann auch nichts ernten. Während bei den Einheimischen die Tomaten, Gurken, Kohl und Möhren im Garten wuchsen, gab es für uns kein Gemüse. Ab und zu sah man, wie Russen ein kleines quadratisches Netz, daß an zwei überkreuzte Bügel befestigt war, mit einem langen Stiel vom Boot aus auf den Angaragrund drückten und nach einer Weile mit einem Ruck kleine Fische herauszogen. Es war der Gründling, ein wohlschmeckender, bis zu 20 Zentimeter langer Fisch mit breitem, fleischigem Rücken. Die Einheimischen benutzten den Gründling als Köder und lehnten ihn als Speisefisch ab. Das störte uns nicht – nur wie kommt man zu einem Netz. Erika und ich überlegten eine Weile und beschlossen, so einen „Kescher" zu basteln. Der Zufall wollte es, daß Erika in ihrem Gepäck ein von der Schwester geknüpftes Netz fand, und mit Hilfe unserer Väter wurde das Gestell gefertigt. Über das Netz kamen zwei Drähte, auf die Regenwürmer gezogen wurden. Noch vor kurzem bedauerte ich die Regenwürmer, die lebendig vom Angler auf den Haken gespießt wurden. Jetzt war es einem egal, Hauptsache man bekommt etwas zu essen. Da wir kein Boot hatten, fischten wir vom Bootssteg. Der Fang war daher gering, aber immerhin etwas. Später kaufte mein Vater einen Kahn, der nicht seetüchtig, pardon nicht flußtüchtig war, aber man konnte in Ufernähe hinausfahren. Wir suchten die besten Fischgründe und waren oft sehr erfolgreiche Fischer. Von einem Einheimischen lernte ich, wie man Netze knüpft und kurz danach konnten wir mit zwei Keschern die Gründlinge fangen. Im August sah man die russischen Frauen mit Eimern voller Blaubeeren heimkommen. Leider verrieten sie uns die ertragsreichen Plätze nicht. Wir zwei Teenager versuchten es mal auf einem Berg, mal auf dem anderen, stets erfolglos. Dafür brachten wir Pilze mit: Rotkäppchen, Birken- und Butterpilze und andere. Eines Morgens gingen wir etwa einen Kilometer die Angara entlang und bogen dann in eine Schlucht ein, wo ein Trampelpfad uns weit in die Wildnis hineinführte. Endlich ging der Steg bergauf und ich brach sicherheitshalber die Äste der Sträucher an, damit wir auch wieder zurückfinden; dieses hatte ich mal im Märchen gelesen. Nach weiteren eineinhalb Kilometern standen wir auf einem Plateau, das wie ein blauer Teppich voller Beeren vor uns lag. Wir sammelten unseren Eimer voll und traten den Heimweg an. Unsere Eltern freuten sich über die Abwechslung auf unserem Speiseplan.

Am anderen Morgen trommelten wir unsere Landsleute zusammen und zogen mit neun Personen zu den Blaubeerfeldern. Manche Frauen konnten nur mit Mühe den Berg erklimmen, aber die Aussicht auf einen Eimer voller Beeren ließ die Strapazen vergessen. Es war schon am Nachmittag, als wir eine Frau vermißten. Wir riefen und suchten, aber keine Rückmeldung. Wir suchten das Plateau und Teile der Schluchten ab, hatten schon Angst uns selbst zu verirren, aber unsere Landsmännin blieb verschollen. In der Annahme, sie könnte auch nach Hause gegangen sein, traten wir den Heimweg an. Leider behaupteten zwei Frauen, wir müßten den Pfad in die entgegengesetzt Richtung gehen. Ich bestand aber auf mein Gefühl und die Mehrheit war auf meiner Seite. Nun gaben auch die anderen nach und marschierten mit. Als ich meine angebrochenen Äste sah, war ich doch erleichtert, denn ohne Sonne konnte man sehr leicht die Orientierung verlieren.

Zuhause angekommen erkundigten wir uns, ob die vermißte Frau heimgekehrt ist. Die Frau blieb verschollen, obwohl eine Suchmannschaft mit Hunden am nächsten Tag und ihr Mann auch noch am dritten Tag die Wälder nach ihr durchkämmten.

Am anderen Morgen wurden wir ins Kontor gerufen und zur Feldarbeit eingeteilt, denn die Kolchosfrauen hätten sich ärgerlich beschwert, wir würden denen die Blaubeeren wegsammeln. Wir beide, Erika und ich, bekamen auf einem Rübenfeld eine breite Parzelle zugeteilt, wo wir in Akkord das Unkraut weghacken sollten. Während die Russinnen laufend Zigarettenpausen machten, ihre „Sakurka", arbeiteten wir fleißig weiter und bekamen am Abend zweieinhalb Arbeitstage gutgeschrieben. Verärgert reagierten die anderen, weil wir damit die Norm kaputtmachen würden. Verdient hatten wir ohnehin nichts. Es war uns nur wichtig, im nächsten Jahr auch die 20 Ar Kartoffelland zu bekommen.

Gegen die Moskito- und Mückenplage schützten wir uns wie die Einheimischen mit Netzen aus Roßhaar vor dem Gesicht und den Körper mit langärmligen Blusen und Hosen; auch bei 30-40 °C Wärme. Dann träumte man vom schönen Memelland, von der schönen Landschaft in Ostpreußen. Selbst am Amazonas liefen die Indianer unbekleidet durch den Urwald. Die sibirische Kälte war nicht so schlimm, wie diese Moskitoplage.

Wir arbeiteten nun öfter in der Landwirtschaft, vor allem beim Ernteeinsatz. Die Hirsefelder wurden noch mit der Sichel gemäht und mit einem Flegel gedroschen. Auch Hanf wurde angepflanzt und zu Säcken verarbeitet. Zum Erntedankfest wurden auch wir, die mitgearbeitet hatten, eingeladen. Im Clubhaus war eine lange Tafel gedeckt und wir genossen das Buffet mit Fleisch- und Süßspeisen, mit Weiß- und Schwarzbrot, mit „Kwas", dem selbst hergestellten Bier, mit Hirsewein und Wodka.

Unser Dorf hatte einen Schulraum mit vier Klassen. Im September, als der Unterricht begann, wurden auch die Kinder der Verschleppten eingeschult. Die junge Lehrerin, die nach ihrer Ausbildung hier ihre erste Stelle bekam, wollte mich und Erika überreden, in der vierten Klasse am Unterricht teilzunehmen. Sie wurde aus dem europäischen Raum hierher geschickt und war sehr einsam. Sie versprach auch, uns gesondert zu unterrichten. Ich war über mein Schicksal so verbittert, denn ich hatte schon die deutsche und die litauische Schule besucht, und nun sollte ich wieder mit der vierten Klasse beginnen – ich sagte ab, was ich später doch bereut habe.

Der Winter kam mit seinen Stürmen und seiner Kälte. Wir brauchten Holz und hatten keine Möglichkeit, dieses aus dem Wald zu holen. Kolchospferde waren knapp, und wenn diese ausgeliehen wurden, dann nur an Genossen. Also hatte mein Vater eine Idee. Am bewaldeten Bergrand, etwa 600 Meter von unserem Haus entfernt, hatte er eine uralte, abgetrocknete Lärche gesehen. Diese wollte er fällen und in Rollen über das Feld bis ans Haus bringen. Der Stamm hatte mindestens einen Meter Durchmesser, so daß die Säge kaum bewegt werden konnte, aber wir haben es geschafft. Das Holz war hart wie Steinkohle, aber es gab auch dementsprechende Hitze. Somit waren wir in diesem langen Winter mit Brennstoff versorgt.

Anfang Oktober fuhren mein Vater und ich nochmals mit unserem Boot hinaus, um Gründlinge zu fangen. Wir hatten uns schon zwei Kilometer stromabwärts vom Dorf entfernt, als wir zwischen den Wasserpflanzen auf gute Fischgründe stießen. In Gruppen schwammen die Gründlinge auf unser Netz und knabberten an den Regenwürmern. Als uns die Würmer ausgingen, suchten wir unter den Ufersteinen nach Ersatz, denn wir hatten keinen Spaten zum Graben dabei. Dann fischten wir noch weiter, aber es zog ein Sturm mit heftigem Regenschauer auf. Wir waren gezwungen, den Heimweg anzutreten und treidelten das Boot, bis zur Hälfte mit Gründlingen gefüllt, stromaufwärts zurück. Einen Teil schenkten wir Bedürftigen, der Rest wurde gesäubert und gesalzen in ein Fäßchen gelagert. Somit hatten wir, wenn schon kein Fleisch, wenigstens Fisch für den Winter.

In Abständen von drei bis vier Wochen kamen die Waldarbeiter zu ihren Familien. Einige wohnten in der Waldsiedlung „Miss", während meine Schwester und auch andere Landsleute auf der gegenüberliegenden Flußseite, etwa zehn Kilometer stromaufwärts, im Dorf „Kada" in Baracken untergebracht wurden. Im Sommer kamen alle in einem Boot nach Hause gerudert, nur der Rückweg war sehr beschwerlich. Abwechselnd zog man den Kahn stromaufwärts. Im Winter dagegen gab es nur den Fußmarsch auf der zugefrorenen Angara beziehungsweise dem Nebenfluß Kada von bis zu dreißig Kilometern. Das Wiedersehen mit der Familie war immer eine Freude, denn viele Familien mußten von den Waldarbeitern ernährt werden.

Im Oktober kam die Kälte. Langsam fror die Angara vom Ufer her zu und es bildeten sich immer größere Eisschollen auf dem Wasser. Jetzt sah man erst recht, wie stark die Strömung ist. Der einzige Verkehrsweg, der Fluß, fiel für einen Monat aus. Bis zu diesem Zeitpunkt mussten auch die Schleppkähne die Ware für die Geschäfte gebracht und die Lieferungen der Kolchosen abtransportiert haben. Schiffe und Boote kamen ins Winterquartier. Andere Transportmittel gab es nicht, weder Bahn noch Straßen für Fahrzeuge. Nach einem Monat konnten Pferdeschlitten die zugefrorene Angara befahren. In den Nachkriegsjahren war alles Mangelware... Öl, Zucker, Butter bekam man nur unter der Hand, und die Vetternwirtschaft war groß.

Der 7. und 8. November, die Oktoberrevolution, war ein großer Feiertag. Überall hingen Transparente und es gab Kundgebungen. Die Russen feierten gerne. Sie tranken ihren selbstgebrauten „Samagon", sangen ihre „Tschestuschki" und gingen tanzend durchs Dorf. Für uns war das Wiedersehen mit unseren Waldarbeitern wichtig. Meine Schwester kam zu Fuß aus einer 35 Kilometer entfernten Holzbasis in der Taiga; dem Mendakon. Wir konnten ihr diesmal Filzstiefel, wenn auch nur alte, und wattierte Hosen mitgeben. Der Staat kümmerte sich um nichts. Es ist unbeschreiblich, wie entbehrungsreich für manche Landsleute das Leben im ersten Jahr der Deportation war. Hierbei denke ich auch an zwei junge Burschen, 14 und 17 Jahre alt, die keine warme Kleidung hatten, geschweige Schuhzeug. Aus diesem Grunde haben sie ihre Arbeitsstelle verlassen und sind bei Schnee und Eis 15 Kilometer barfuß zu ihrer Familie nach Kadinska gelaufen. Sie blieben den Winter über zu Hause, denn unter diesen Umständen konnte sie niemand zur Waldarbeit zwingen.

Für uns war es ein Erlebnis zu sehen, wie die Eisschollen immer größer wurden und sich eines Tages unter Krachen und Bersten übereinanderschoben und endlich zum Stehen kamen. Dann dauerte es noch eine Woche, bis man es wagen konnte, den Fluß zu überqueren. Davor mußten Arbeitskräfte jedoch erst die bis zu einem Meter emporstehenden Eisschollen zertrümmern und den Weg planieren. Der Neuschnee sorgte dann für eine glatte Oberfläche. Im allgemeinen sah die gesamte Eisdecke wie ein riesiges Reibeisen aus, die man ohne Verletzungen beziehungsweise Beinbruch nicht hätte überqueren können. Lediglich entlang des Ufers gab es eine ebene Fläche von circa 20 Metern Breite.

Nun begannen die Einheimischen mit ihrem Eisfischen. Den Köder für ihre Angelhaken, den Gründling, hatten sie bereits im Herbst gefangen und in Körbchen im Fluß versenkt.

Unweit vom Ufer gab es Eislöcher beziehungsweise Wasserstellen, die jeden Morgen wieder aufgehackt werden mußten. Das Wasser für die Haushalte wurde per Eimer ins Dorf gebracht. Die Russinnen benutzten dafür einen elastischen Holzbogen, den sie mit zwei Eimern federnd über eine Schulter trugen. Mit der Zeit lernten wir das auch. Wir lernten vieles von den Einheimischen: zum Beispiel wie man Filzstiefel besohlt, wie man Netze knüpft, wie man Weidenkörbe flechten kann und so weiter.

Der sibirische Winter war lang. Schon Mitte Oktober begann es zu schneien und die Kälte nahm von Woche zu Woche zu. Meistens hatten wir eine Temperatur zwischen minus 35 °C und 45 °C. Aber es gab Tage, da fiel das Thermometer bis auf minus 60 °C. Nachts kühlten die Räume dermaßen aus, daß einem beim Schlafen die Nase fror. Das morgendliche Aufstehen, um den

49

Ofen anzuheizen, kostete stets eine Überwindung. Die Abende waren lang; es gab keine Bücher, kein Radio. Ich begann Schachfiguren zu schnitzen und als diese fertig waren, spielten Vater und ich Schach. Das Gespräch mit Landsleuten war für uns wichtig und wir besuchten uns gegenseitig. Briefe aus der Heimat gab es noch keine. Die meisten Daheimgebliebenen scheuten sich aus politischen Gründen, mit uns Kontakt aufzunehmen.

Sträflinge und politische Gefangene wußten zumindest, ob sie für 10 oder 20 Jahre ihrer Freiheit beraubt waren. Wenn wir den Kommandant fragten, der einige Male im Jahr unsere Anwesenheit überprüfte, wie lange wir hier ausharren müßten, war stets die Antwort „lebenslänglich". Ein junger Litauer hatte eine Flucht gewagt, wurde jedoch sehr bald gefaßt und ins Gefängnis gebracht. Im allgemeinen hatten die litauischen Familien es besser, denn sie hatten junge Ehemänner und auch erwachsene Söhne dabei, während bei uns Deutschen die Jahrgänge zum Militär eingezogen waren. Die älteren Männer und jungen Mädchen konnten bei der schweren Waldarbeit, die stets im Akkord erledigt werden mußte, nicht so viel verdienen.

Das erste Weihnachtsfest in Sibirien war sehr traurig. Die Waldarbeiter bekamen keinen freien Tag und konnten somit ihre Familien auch nicht besuchen. An einem späten Abend in dem für uns ersten sibirischen Winter, hörten wir draußen aufgeregte Stimmen und liefen alle hinaus. Wir sahen am Himmel mehrere riesengroße, rote Flächen von Norden her auf uns zukommen – das Polarlicht. Diese unheimliche, geisterhafte rote Lichterscheinung flößte uns Angst ein, zumal auch der Schnee rot schimmerte. Viele Russinnen bekreuzigten sich; ein Zeichen, daß sie so etwas noch nicht erlebt hatten.

Das Leben im Dorf verlief armselig, aber ruhig. Wir brauchten die Türen nicht abzuschließen, denn hier war man unter redlichen Leuten. Mutter meinte: „Gott legt einem nur soviel Last auf, wie man tragen kann". Sie meinte damit die angstvollen Zeiten in den letzten Jahren daheim, die Überfälle und Repressalien. Die Sauberkeit der Einheimischen übertraf sogar uns Deutsche. Deren Fußböden wurden Zentimeter für Zentimeter mit einem Messer abgeschabt, so daß die Dielen wie neu gehobelt aussahen. Wenn sie uns besuchten, kam ständig die Bemerkung: „Ihr müßt die Wohnung weißen" (belietj nado), das heißt, wir sollen sie kalken. Erstens waren wir noch zu deprimiert und zweitens hatten wir kein Geld für Kalk übrig. Übrigens auf der anderen Seite der Angara war ein Felsen aus Kalkgestein. Dort wohnte ein alter Mann und brannte den Kalk für mehrere Dörfer.

Man war jung und brauchte Bewegung beziehungsweise Abwechslung. Daher gingen wir mit Nina und Sina rodeln, auch bei 45 °C minus. Man legte sich bäuchlings auf den Schlitten und steuerte mit den Füßen. Wer am weitesten kam, hatte gewonnen.

Den ersten Winter hatten wir überstanden. Im April wurde es schon wärmer, die Nächte kürzer, und es nahte das Osterfest. Obwohl im Kommunismus Ostern kein Feiertag war, traf die Bevölkerung alle Vorbereitungen, um diesen Tag festlich zu begehen. Jede Familie hatte in einer Ecke der guten Stube eine Ikone, woraus man erkennen konnte, daß die Russen trotz jahrzehntelanger Unterdrückung des Glaubens sehr religiös waren. Mit „Kristus woskres" (Christus ist auferstanden) begrüßte man sich an Ostern und auch wir wurden zum Essen eingeladen. Im allgemeinen sind diese Menschen sehr gastfreundlich und wenn man sie bei Tisch antraf, wurde man gleich dazugebeten mit „kuschaite snami" (eßt mit uns). Meist lehnte man aus Höflichkeit dankend ab. An einem Nachmittag in den ersten Tagen des Mai hörte man schon das dumpfe Grollen der heraufziehenden Flut des Stroms. Das Wasser stieg und stieg und die Bewohner am Uferrand der Angara bangten um ihre Häuser. Dann kam das Eis in Bewegung und mit großem Getöse wurden die Schollen übereinandergeschoben und bis zu vier Meter am Ufer aufgetürmt. Etwa zehn Tage dauerte der Eisgang, doch wochenlang kommen noch kleinere und größere Eisschollen stromabwärts geschwommen. Die Eisberge am Ufer tauten manchmal erst im Juni ab.

Der Mai ist der schönste Monat des Jahres; vor allem an der Angara, denn dann ist die Gegend noch mücken- und moskitofrei. Wir, die im letzten Jahr im Kolchos gearbeitet haben, bekommen nun zwanzig Ar Land zugeteilt. Der Boden ist fruchtbar, und mit dem Spaten setzen wir unsere Kartoffeln. Jetzt können wir auch unseren Gemüsegarten anlegen und säen Möhren, Gurken, Tomaten, Kohl und Salat. Wir freuen uns schon auf die Ernte, denn wir mußten lange genug auf alles verzichten. Einige von uns werden schon mangels Vitaminen nachtblind und stolpern über Wurzeln und kleine Stämme auf den Pfaden, was natürlich die anderen Jugendlichen zum Lachen bringt.

Im zweiten Sommer kannten wir uns im Dorf und in der Taiga besser aus. Neben Kolchosarbeit gingen wir fischen, Preisel- und Blaubeeren sammeln und waren glückliche Besitzer eines Schweinchens, für das wir nahrhafte, saftige Pflanzen sammelten. Die alteingesessenen Familien besaßen fast alle eine Kuh, Kälber

Schweine, Schafe und Hühner. Auch wir besaßen inzwischen einige Hühner, die wir mit dem Getreide, das wir für den Arbeitslohn des letzten Jahres erhalten hatten, gerade noch ernähren konnten. Außerdem bekamen wir pro Arbeitstag dreißig Kopeken. Kein Wunder, daß immer mehr Leute vom Kolchos zur Holzindustrie abwanderten, vor allem Jugendliche. Der Clubraum war meist geschlossen. Russische Mädchen heirateten bereits mit siebzehn oder achtzehn Jahren, bekamen Kinder und blieben somit im Hause.

Kadinska, unser Dorf, war der letzte Ort des Kreises Keszma. Stromabwärts begann der Kreis Bogutschan mit den Orten Galtjawino am südlichen und Tschadobitz am nördlichen Ufer der Angara. Stromaufwärts in 18 Kilometer Entfernung war Prospichino, ein Ort mit Poststelle, einer anfangs nur mit Sanitätern besetzten Krankenstation, einer Schule mit sieben Klassen und einem Internat (eher Schülerunterkunft). Hier war ein größerer Kolchos, und auch die Direktion vom „Lespromchos", der Waldwirtschaft. In Prospichino wurden nur einige Verschleppte angesiedelt. Am gleichen Ufer 15 Kilometer weiter war ein Kolchos Paschino, dann kam nach 37 Kilometern Balturino, ein reiner Forstbetrieb, wo überwiegend Litauer an Land gebracht wurden. Einige Familien wurden auch am Nebenfluß Kawa angesiedelt.

Dann kam der Herbst und wir konnten zum ersten Mal wieder etwas ernten. Wir füllten unseren Kartoffelkeller und lagerten Kohl und Möhren ein. Zum Winter schlachteten wir unser Schwein, und die mageren Zeiten waren vorbei. Dennoch mußten wir mit allem sparsam umgehen, denn das Jahr war lang. Öl und Butter gab es nicht zu kaufen; der einzige Laden des Dorfes war so gut wie leer. Wenn ein Ballen Kleiderstoff gebracht wurde, hatten fast alle Frauen das gleiche Kleid.

Meine Mutter war von Beruf Schneiderin und bekam von Natascha eine Nähmaschine geliehen, die sie erstmal wieder in Gang bringen mußte. Danach bekam sie einige Aufträge, Kleider zu nähen. Auch ich wollte im Winter nicht untätig rumsitzen und begann Silberringe aus russischem Altgeld, dem „Poltinik" zu schmieden; das hatte mir mein Vater gezeigt. Dafür schmiedete er mir einen kleinen Schraubstock, Dornen und Meißel. Da es keine Stopfnadeln gab, begann ich auch diese zu schmieden. Zwar klappte nur jede dritte oder vierte Öse, der Rest war dann keine Schwierigkeit. Die Nachfrage war groß, sogar aus dem Nachbarkolchos. Dafür bekam ich Naturalien: Milch, Butter, Sahne. Vater arbeitete weiterhin in der Schmiede.

Die Schwestern von mir und Erika arbeiteten in diesem Winter in Mendakon, einer Holzbasis am Nebenfluß Kada, circa 35 Kilometer von uns entfernt. Da sie schon lange keine Kartoffeln mehr gegessen hatten, beschlossen wir beide, mit einem Handschlitten diese in Fellen und Federkissen gut verpackt hinzubringen. Nach 16 Kilometern übernachteten wir in Listwenize bei Landsleuten; natürlich wie üblich auf dem Fußboden eine Wattejacke drunter und eine zum Zudecken. Am nächsten Tag ging es auf dem Flußweg weiter. Als wir das Barackendorf erreichten, war es noch hell und die Arbeiter im Wald. Als unsere Schwestern abends nach Hause kamen, freuten sie sich sehr; leider war ein Teil der Kartoffeln angefroren und schmeckte süßlich. Daraus wurden dann Kartoffelklöße gekocht. Am anderen Tag schafften wir den Heimweg bis Kadinska, denn der Schlitten war jetzt leicht.

Im April begann es zu tauen, die Eisdecke auf der Angara senkte sich erstmal und in Ufernähe stand das Wasser auf etwa fünfzig Meter Breite. Anfang Mai brachte das vermehrte Tauwasser die Eisdecke zum Bersten und der Eisgang begann. Die Jahreszeiten verliefen in ihren gewohnten Tagesrhythmen, nur daß ab und zu wieder jemand beerdigt werden mußte.

Mittlerweile bekommen wir auch wieder Post aus der Heimat. Eine litauische, ehemalige Mitschülerin des Progymnasiums schreibt mir als erste. Sie schickte mir ein Foto mit den anderen zwei Mädchen der siebenten Klasse und berichtet, daß 1949 Ingrid mit ihrer Familie ebenfalls nach Sibirien verschleppt wurde. Das gleiche Schicksal ereilte auch eine Lehrerin. Aldona, die Schreiberin, teilte mit, daß sie nunmehr mit Ruth, meiner Freundin, das Lehrerseminar in Memel (Klaipeda) besuchen. Obwohl ich mich über den Brief sehr gefreut habe, mußte ich bitterlich weinen, denn es schmerzte mich besonders, auf eine Ausbildung verzichten zu müssen.

Im Jahre 1949 landeten wiederum mehrere Transporte im Krasnojarsker Gebiet; zum großen Teil in der Landwirtschaft. Diese Operation wurde „Priboj" (Brandung) genannt. Zu uns, an die Angara, kamen keine neuen „Umsiedler" mehr. Nach den Deportationen war die Kollektivierung in der Heimat ab 1949 im vollen Gange. Land und Höfe, mit Ausnahme der Wohnhäuser, wurden enteignet und aus Angst vor Sibirien meldeten sich die verbliebenen Bewohner freiwillig in „Kolchosen" oder „Swochosen" an.

Im Lespromchos

Der Sommer und der Herbst 1950 verlaufen ohne besondere Vorkommnisse. Wer bis dahin überlebt hatte, hoffte alt zu werden. Ich war inzwischen siebzehn Jahre alt und beschloß, mit Beginn der Wintersaison mich zur Waldarbeit zu melden. Auch Erika, obwohl erst sechzehn, ging mit. Bei der Forstwirtschaft verdiente man Geld, das dringend für Kleidung und Schuhzeug gebraucht wurde. Obwohl das Leben in den Baracken und die Arbeit schwer war, so war man wenigstens unter anderen Jugendlichen.

Wir meldeten uns also in „Miss" beim Meister an, der uns mit den Worten auf deutsch „kleine Kinder" empfing. Recht hatte er, denn wir waren dürr und auch noch nicht so groß. Also setzte uns der Vorgesetzte zum Holzsägen ein, das heißt, in Akkord den Baumstamm in 50 Zentimeter lange Stücke zerschneiden, spalten und aufstapeln. Tagesnorm waren zwei Kubikmeter, wofür dann jeder zehn Rubel bekam, was gerade noch zum Überleben reichte. Später wurden wir für Wegearbeiten mit Tageslohn eingesetzt. Um die gefällten Baumstämme mit Pferdeschlitten bergab durch den Wald zum Ufer der Angara bringen zu können, mußten wir mit der Axt alle Sträucher und Bäumchen entfernen. Der Schnee wurde mit den vom Schlitten auf dem Boden schleifenden Teil der Stämme niedergedrückt, so daß eine glatte Fahrbahn entstand. Nur manchmal, wenn es über ebenes freies Feld ging, mußte man den meterhohen Schnee wegschaufeln.

An das Barackenleben mußte man sich auch gewöhnen. Es gab Frauen- und Männerunterkünfte für zwölf bis zwanzig Personen. Man schlief auf Pritschen mit Strohsack und eigenem Bettzeug. Unter dem Bett hatte jeder eine abschließbare Kiste für Lebensmittel und Wäsche. Zu jeder Holzbasis gehörte ein Kontor, ein Geschäft, eine Sauna, ein Trockenraum für die am Tage naßgewordene Wattekleidung und Filzstiefel. Dann waren da noch der Pferdestall und die Plumpsklosetts.

In der Mitte der Baracke stand ein gußeiserner Herd, auf dem man abwechselnd zu dritt oder zu viert kochen konnte. Familienangehörige kochten gemeinsam und viele Mädchen für ihre Brüder und Väter, die dann auch in die Frauenbaracke zum Essen kamen. An einem langen Tisch, ebenfalls in der Mitte, verbrachte man auch meist den Feierabend; man flickte und stopfte die Socken, man spielte Karten oder Schach, sei dann man war so müde, daß man nur noch schlafen wollte.

Die Woche hatte stets sechs Arbeitstage von acht bis neun Stunden. Dazu kam noch der einstündige Fußweg zwischen Baracke und Arbeitsstelle. Wenn der Plan noch nicht erfüllt war, wurden auch die Sonntage zu Arbeitstagen erklärt. Somit hatte man oftmals nur einen freien Tag im Monat. An diesen freien Tagen nutzte man die Gelegenheit, die Eltern beziehungsweise Familie im 15 bis 25 Kilometer entfernten Dorf zu besuchen. Im Winter stets zu Fuß, im Sommer dagegen konnte man gemeinsam stromab heimfahren und treidelte auf dem Rückwege abwechselnd das Boot zurück. Es gab keine Autos, keine Bootsmotoren, geschweige Motorschlitten, in dieser Taiga. Jede Arbeit mußte mit Körperkraft erledigt werden. Zwei Personen, meist Männer, fällten die Bäume und sägten sie dann je nach Güte in entsprechend lange Stämme. Zwei Frauen entästeten die Kieferkronen und verbrannten anschließend die Äste, damit diese nicht trocknen und im Sommer

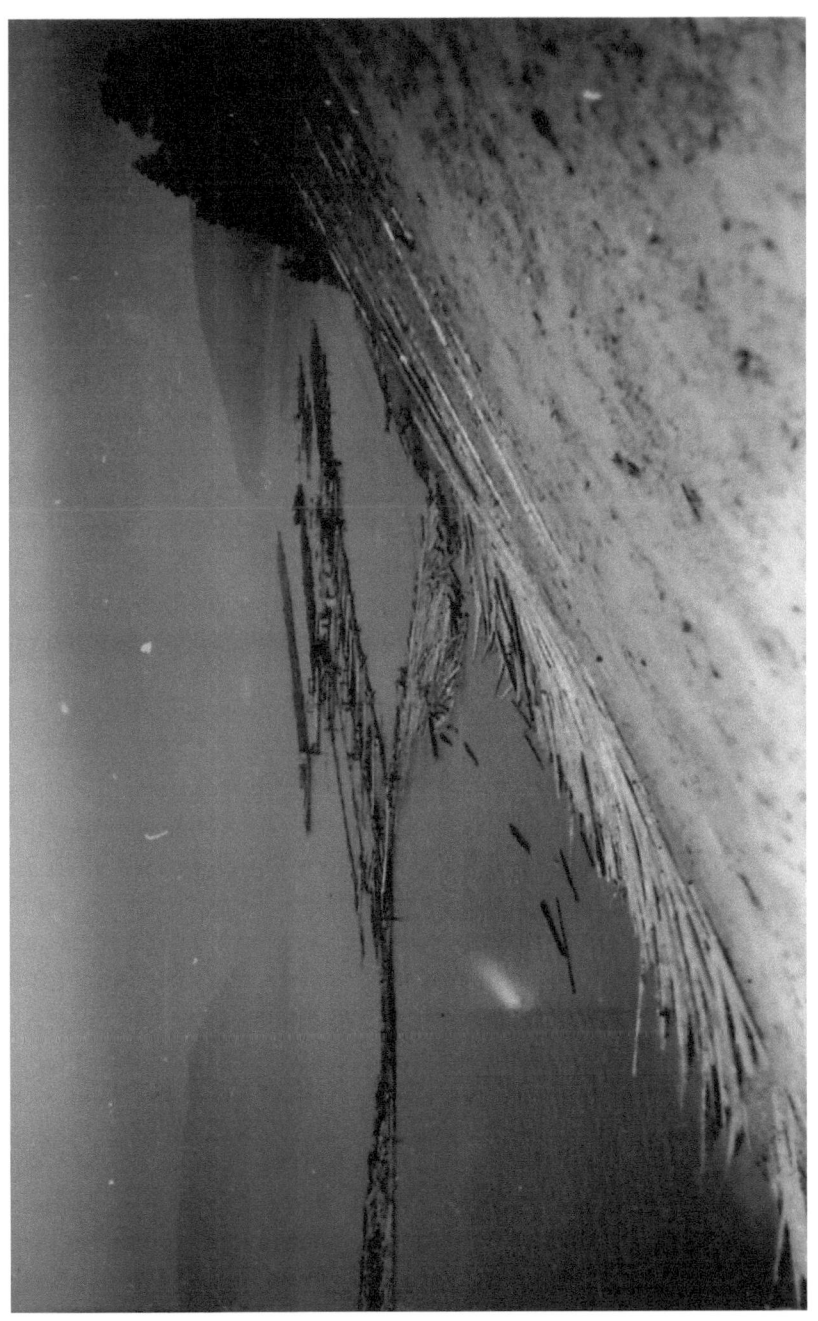

die Waldbrandgefahr vergrößern. Mit einer Harke wurden auch noch die kleinen Kiefernäste vom Schnee abgeharkt. Also waren es stets vier Personen, die in Akkord in einer Gruppe arbeiteten.

Dann gab es die Fahrer, die mit einem Pferd und einem Kurzschlitten die Baumstämme, erst einzeln aus dem tiefen Schnee bis zum Weg zogen, und dann mit zwei bis sechs Stämmen, je nach Durchmesser, bergab zum Ufer brachten. Glücklich war, wer ein besseres Pferd bekam. Oftmals wurden die Pferde grausam geschlagen, wenn sie es nicht schafften, die Stämme aus dem unwegsamen Gelände zu ziehen.

Am Ufer wurden diese Stämme nach Sorten auf einen Stapel von bis zu zwanzig Schichten und mehr gerollt. Meist waren es wiederum vier Personen, die in einer Brigade arbeiteten. Solange man vom Hang die Stämme herunterrollen konnte, hatte man es leichter, aber oftmals mußten diese auf den Stapel raufgerollt werden. Mit gemeinsamer Schulterkraft hat man das auch geschafft.

Außerdem gab es noch den „Markirowtschik", der mit einem Stecheisen jeden einzelnen Baustamm am oberen Ende die Klasse und den Durchmesser in römischen Zahlen markieren mußte. Wenn man es nicht gleich am Schlitten schaffte, mußte man liegend auf den hohen Stapeln den Buchstaben und die Zahlen mit Hammer und Stecheisen einmeißeln.

In der Wintersaison 1950/51 durfte auch meine Schwester in der Holzbasis „Miss" arbeiten. Hier war man nicht so weit von den Eltern entfernt und konnte sie somit auch öfter besuchen. Die Arbeitstage waren lang und beschwerlich. Man ging im Dunkeln aus dem Haus und kam in der Abenddämmerung wieder. Im Morgengrauen war die Kälte am härtesten. An der Stirn

hatte man das Gefühl, als würde ein kalter Eisenring den Kopf zusammendrücken, Nasenspitze und Wangen waren oft hartgefroren und weiß. Selbst merkte man es bei der Kälte gar nicht mehr, deshalb machte man sich gegenseitig darauf aufmerksam. Ein gutes Mittel war, die Stellen mit Schnee warmzureiben, nur mußte man darauf achten, daß die gefühllose Haut nicht wundgerieben wurde; dieses passierte öfter. Ab minus 58 °C gab es Kältefrei, aber leider blieb es meist knapp davor.

Um die Baracken zu reinigen, den Herd anzuheizen und für Teewasser zu sorgen, war eine Frau angestellt. Sie sorgte auch dafür, daß freitags und samstags die Sauna geheizt wurde. Außerdem gab es einen Wasserfahrer und einen Mann, der bis spät in die Nacht die Sägen und Äxte der Waldarbeiter schleifen mußte.

Unser Essen bestand meist aus einer Kartoffel- oder Graupensuppe, in der ein paar Würfel Speck schwammen, und einer Scheibe Brot. Ab und zu gab es in einer Pfanne gegarte Kartoffeln mit einigen Speckscheiben. Zur Arbeit nahm man stets eine dicke Scheibe Brot und ein Stück Zucker mit; Wurst oder anderen Aufschnitt kannte man nicht. Dieses gefrorene Stück Brot spießte man auf einen Stock und taute es am Feuer auf. Wer Durst hatte, aß Schnee.

Eintönig vergingen die Wintermonate. Ende März war die Wintersaison vorüber und das Tauwetter begann. In diesen Wochen hatte man am Tage nasse Wattekleidung, die gegen Abend gefror und wie ein Raumfahrer marschierte man nach Hause. Im April und Mai gab es den dreiwöchigen Jahresurlaub, den man bei der Familie verbrachte und unter anderem das Brennholz für den Winter beschaffte.

Solange die Eisberge am Ufer lagen, konnte man mit den Floßarbeiten nicht beginnen, aber man traf alle

Vorbereitungen. Im Juni war es dann soweit. Man rollte die Baumstämme ins Wasser, die in einem großen Bekken aufgefangen wurden. Sortiert wurden die Stämme von Männern in circa zwölf mal zwölf Meter großen dreischichtigen Plattformen verarbeitet, auf denen dann auf einem ein Blockhaus und auf dem anderen ein großes Rad, ähnlich dem Roßwerk, errichtet wurde. Der Rest der Stämme wurde zu Bündeln gebunden. So entstand dann ein Floß von circa einem Kilometer Länge.

Es war Vorschrift, daß ein Rettungsboot vor Ort war. Wir beide mit Erika wurden dafür eingeteilt, obwohl wir nicht schwimmen konnten... wir besaßen nicht einmal einen Rettungsring. Wir arbeiteten nach Tageslohn und verrichteten Handlangerdienste. Somit hatten wir es nicht so schwer und genossen die Arbeit auf dem Wasser, denn bei Wind gab es keine Moskitoplage.

Wie beim Militär wurde man, je nach Bedarf, mal hierhin mal dorthin abkommandiert. Es war Herbst und die letzten Flöße hatten die Angara verlassen. Da man nicht ohne Arbeit sein sollte, wurde eine Gruppe von uns zum Ernteeinsatz zum Kolchos Paschino beordert. Dort trafen wir auch Landsleute aus der Holzbasis Jorma.

Nach der Rückkehr, o Schreck, wurden einige weit in die Taiga abkommandiert; darunter auch meine Schwester und ich. Die Holzbasis Mendakon lag auf der anderen Seite der Angara am Nebenfluß „Kada" circa 25 Kilometer von der Angara entfernt. Das Gepäck wurde zwar auf einem Pferdeschlitten hingebracht, aber wir mußten die Strecke zu Fuß zurücklegen. Müde und erschöpft kam man in den Baracken an. Hier arbeiteten überwiegend Litauer, deren Familien in dem Dorf Kada an der Angara wohnten. Außerdem waren in diesem Ort noch einige Russen und wir paar

Deutsche. Mit einem Litauermädchen arbeitete ich wiederum als „Dorosznik", das heißt, wir bereiteten die Wege für die Holzschlitten vor.

Das harte Leben konnte uns junge Menschen nicht unterkriegen. Wenn man schon wegen der großen Entfernung die Familien nicht besuchen konnte, so gab es im Clubraum am Samstagabend Tanz. Der Sonntag war zum Wäschewaschen vorgesehen; etwas Kernseife gab es schon zu kaufen. Im Geschäft konnte man die Grundnahrungsmittel bekommen, jedoch kein Obst, kein Gemüse, kein Fleisch, keine Wurst, keine Eier, geschweige Milch. Für Mehl, Zucker, etc. mußte man stets einen Stoffbeutel mitnehmen... Verpackungspapier gab es nicht.

Weihnachten mußte stets gearbeitet werden. Aber am Heiligabend 1951 saßen wir alle an einem langen Tisch. In der Mitte stand ein Tannenbaum mit Kerzen und jeder hatte für die Tafel etwas gekocht oder gebakken. Russen beziehungsweise Orthodoxe feierten ihre Weihnacht zwei Wochen später.

Im Februar 1952 erkrankte ich an Röteln und lag lange Zeit mit hohem Fieber im Bett. Es gab keinen Arzt, keine Medikamente. Man lag tagsüber alleine in der Baracke, nur ab und zu kam die Putzfrau herein und legte ein paar Holzscheite ins Herdfeuer. Mit 40 °C Fieber bei 50 °C Frost stiefelte man zum Plumpsklo. Eine Mandelentzündung kam hinzu... und ich hatte mich schon aufgegeben. Zu dem Zeitpunkt wäre es mir egal gewesen, denn so ein Dasein war nicht lebenswert, aber mein Schutzengel hat mich noch nicht gehen lassen. Nach vier Wochen erholte ich mich langsam, war aber noch sehr geschwächt. Da die Wintersaison ohnehin zu Ende ging, beschloß ich, vorerst zu den Eltern zurückzukehren und zu Kräften zu kommen.

Als zufällig ein Lieferant mit seinem kleinen Pferdeschlitten nach Kada, dem Dorf an der Angara zurückfahren wollte, bat ich ihn, mich mitzunehmen. Leider verzögerte sich die Abfahrt bis zum Mittag. Streckenweise fuhr man gemeinsam auf dem Schlitten, dann wiederum einzeln, während der andere hinterherging, um sich aufzuwärmen und das müde Pferdchen zu entlasten. In der Dunkelheit erreichten wir Kada und mein Weggenosse war nach 25 Kilometern nun zu Hause, während ich noch eine Strecke von circa zwei Kilometern über die Angara und dann noch acht Kilometer stromabwärts bis zum Kolchos Kadinska zu gehen hatte. Es war eine eiskalte, sternenklare Winternacht. Im Mondschein konnte man kilometerweit sehen – rechts die schneebedeckte Angara und links hinter der Uferböschung die dunklen Wälder der Berge. Durch die Krankheit geschwächt schleppte ich mich mühsam voran. Ein chinesische Weisheit sagt: „Fürchte dich nicht, langsam zu gehen, fürchte dich nur stehenzubleiben". Weit und breit keine Menschenseele, und in der Stille der Nacht knirschte der Schnee laut unter den Filzstiefeln. „Wenn das nur nicht die Wölfe hören, dann wäre ich verloren", war mein ängstlicher Gedanke. Es heißt: „Zu Fuß erlebt man die Landschaft viel intensiver". Hinter der letzten Biegung sah man in der Ferne schon einige Lichter des Dorfes, nur der Weg wollte und wollte nicht enden. Endlich war ich am Ziel.

Damit ich durch den Eisgang der Angara nicht von der Arbeitsstelle abgeschnitten werde, ging ich zurück und meldete mich bei der Dienststelle. Ende Mai hatten die Nebenflüsse den höchsten Wasserstand und innerhalb von vierzehn Tagen mußten die gestapelten Baumstämme von den Ufern Mendakons und Talas in den Fluß gerollt werden. Diese schwammen dann einzeln

bis zum Auffangbecken an der Angara. Einige Männer sorgten in bestimmten Abschnitten dafür, daß die Baumstämme nicht an Büschen und großen Ufersteinen hängenblieben. Zwei Männer sind in diesen Jahren dabei ertrunken. Jede Arbeit barg eine Lebensgefahr. Im letzten Winter wurde ein Holzfäller in Mendakon von einem Baum erschlagen. Außerdem erhielten wir aus einem weiteren Ort die Nachricht, daß meine nette Bekannte, die ich auf dem Transport kennengelernt hatte, von einer Baumkrone erschlagen wurde.

Der Start für das Herabrollen der Baumstämme in den Fluß, die sogenannte „Skatka", war freigegeben. Ein superstarker Mann sowie ein Vater mit seinem siebzehnjährigen Sohn und ich wurden zu einer kleinen Holzbasis in der Nähe des Ortes „Listwenitsche" abkommandiert. Hier waren vier große Holzstapel und wir vier Personen. Unser Arbeitstag begann um sechs Uhr und endete erst nach zwölf Stunden. Die beiden starken Männer rollten die Stämme von der Böschung herab und ich mit dem jungen Burschen die hinteren heran. Hundemüde kehrte ich in die Baracke zurück, kochte mir mein Abendessen und wollte nur noch ins Bett. Willy, ein junger Landsmann, hätte sich noch gerne mit mir unterhalten, aber leider konnte ich es mir nicht leisten, länger wachzubleiben. Wir waren mit unserer „Skatka" eher fertig, als die Mendakoner. Verdienstmäßig wurde unsere ungleich starke Gruppe, wie üblich, nach Koeffizient abgerechnet.

In die Holzbasis „Kada" zurückgekehrt, wohnten wir wiederum in Baracken. Als im Juni die Ufer der Angara eisfrei waren, begann man mit der Floßarbeit. Erika und ich waren wieder für den „Rettungsdienst" eingeteilt und erneut brachten wir die erforderlichen Holzkeile und durch Drehen elastisch gemachte junge

Fichten- und Tannenstämmchen herbei, die zum Zusammenbinden der Baumstämme benötigt wurden. Außerdem mußten anfangs auch Personen von einem Floß zum anderen oder zum Ufer gebracht werden. An einem Samstagabend beschlossen wir mit Erika unsere Eltern in Kadinska zu besuchen. Wir nahmen unser kleines Boot und ruderten über die zwei Kilometer breite Angara acht Kilometer stromabwärts und genossen diese ruhige Fahrt auf dem spiegelglatten Wasser. Für unsere Eltern war es jedesmal eine Freude, uns wiederzusehen. Wir brachten den Eltern Geld und nahmen Kartoffeln und Gemüse mit. Am Sonntagnachmittag wurde es windig und wir traten unsere Rückfahrt vorzeitig an. Normalerweise treidelte man das Boot erst zu einer Stelle an der die Angara nicht so breit war und ruderte dann über den Strom. Obwohl an dieser Stelle die Angara breiter war, setzten wir uns hier rüber, weil wir uns wegen dem stärker werdenden Wind beeilen mußten. Erika ruderte und ich war am Steuer, half aber mit dem Paddel kräftig mit. Der Wind wurde immer stärker und nach einem Drittel des Weges kam ein Sturm auf. Hohe Wellen peitschten gegen unser Boot und mit den Schaumkronen spritzte das Wasser hinein. Es fehlte uns die dritte Person zum Wasserschöpfen. Man mußte gegen die Wellen rudern, besonders bei jeder sechsten Woge. Danach konnte man unsere „Nußschale" wieder etwas in Richtung Ufer schräg stellen. Es war üblich, sich beim Rudern abzuwechseln, doch bei diesen Wellen war es lebensgefährlich. Ich bat Erika durchzuhalten und versprach, den ganzen Weg zu treideln. Bei dieser Fahrt muß unser Schutzengel die Hand über uns gehalten haben, denn am Ufer von Kadinska standen nicht nur unsere Mütter, sondern es kamen auch immer mehr Russenfrauen hinzu, die sich immer wieder bekreuzigten. Erst als unsere Mütter sahen, daß sich am anderen Ufer etwas stromaufwärts bewegte, waren sie erleichtert, wie man uns später berichtete. In deren Haut hätte man damals nicht stecken wollen. Mit einer anderen Arbeitskollegin habe ich diese Situation, wenn auch nicht ganz so gefährlich, noch einmal erleben müssen. Ein Sturm, der mit der Strömung bläst, soll besonders gefährlich sein.

Die Arbeit auf dem Wasser ist angenehm, denn hier halten sich selten die Mücken auf. Wer eine Abkühlung braucht, kann schon mal ins Wasser tauchen... freiwillig oder unfreiwillig. Dann wird aus Jux nach den Rettern gerufen, und wir zwei Mädchen, die „Spasateli", geraten in Panik.

Hier in Kada war auf eine Anhöhe ein alter „Kolchos", dessen Landwirtschaft am Boden lag. Diese kleinen Betriebe konnten den Anforderungen des Staates nicht gerecht werden, wie zum Beispiel in Kasachstan, wo große Maschinen im Einsatz waren. In diesen Kolchosen gab es nur wenige Männer und die meiste Arbeit wurde von Frauen insbesondere Kriegswitwen erledigt. Unten an der Angara standen die Baracken und Häuser für die Waldwirtschaft, die sogenannte „Basis". Hier war auch die Zentrale mit einem „Natschalnik", der für zwei bis drei weitere Betriebe zuständig war, und hier war auch das Lohnbüro. Litauer waren in der Mehrzahl, so an die zwanzig Familien, dazu einige Familien aus dem Memelland, einige Wolgadeutsche sowie Ukrainer.

Man verstand sich untereinander gut, nur wenn es um engere Freundschaft ging, blieb jede Gruppe für sich. Dieses merkte man besonders an den Tanzabenden. Litauer schlossen als erste Freundschaften, heirate-

71

ten untereinander und bauten für ihre Familien die üblichen Blockhäuser.

Als das letzte Floß mit einer Begleitmannschaft Kada verließ, wurde der Rest der Arbeiter für andere Aufgaben bestimmt. Einige mußten Heu als Winterfutter für die Pferde von den Inseln besorgen, andere bauten neue Baracken in der Taiga. Wir wurden 25 Kilometer stromaufwärts zu einer Stelle geschickt, wo ein neuer Ort entstehen sollte. Hier standen schon zwei Baracken und wir halfen mit, die restlichen zu bauen. Männer besorgten das Rundholz, das dann von der Rinde befreit werden mußte, andere sägten Planken und spalteten Bretter für das Dach. Alles war Handarbeit, denn Maschinen gab es immer noch nicht. Wir Frauen holten Moos zum Verstopfen der Häuserspalten, schmierten mit Lehm die Fugen zu, schleppten Erde auf die Barackendecke zwecks Isolierung und so weiter. Dann fuhren wir über 38 Kilometer mit einem Lastkahn stromabwärts, um an dem bekannten Kalkfelsen vom alten Mann gebrannten Kalk zu holen. Hier sah ich zum ersten Mal, wie Kalk hergestellt wird. Den losen Kalk verfrachteten wir in unseren Lastkahn und sahen danach weiß wie ein Müller zur damaligen Zeit aus. Mit zwei Pferden wurde unser Kahn wieder stromaufwärts getreidelt.

Die Ansiedlung an der rechten Uferseite der Angara nannte man „Gremutschi". Hier waren wir wieder mehr Memelländer, das heißt Deutsche, und fühlten uns wohl. Erstmalig befuhr ein kleines Passagierschiff die Angara bis Keszma, unserem Rayonstädchen. Anni und ich beschlossen Urlaub zu nehmen und nach Keszma zum Zahnarzt zu fahren. Nach acht Jahren ohne Zahnbürste und ohne Zahnarzt hatten wir das bitter nötig. Dort angekommen fanden wir bei Landsleuten keine

Bleibe, aber ein russisches Ehepaar hat uns aufgenommen. Wir waren glücklich unsere Metallkronen bekommen zu haben. Endlich keine Zahnschmerzen mehr.

In Keszma ging es schon etwas zivilisierter zu. Es gab elektrisches Licht, ein Krankenhaus und Ärzte, ein Restaurant und einen Friseur. Einige Litauermädchen, die auch zum Zahnarzt gekommen waren, ließen sich Dauerwellen machen. Wir mit Anni gingen lieber zum Fotographen, um wenigstens ein Foto aus der Jugendzeit zu haben. Hier gab es in den Geschäften auch Obst. Ich kaufte mir gleich Apfelsinen, war aber von dem schlechten Geschmack sehr enttäuscht, denn aus der Kindheit hatte ich sie als wohlschmeckende, süße Früchte in Erinnerung. Wir kauften Stickgarn, Wolle und die langersehnte Zahnbürste; leider gab es keine Zahnpasta. Hier in Keszma gab es auch einen kleinen Flughafen für ein- und zweimotorige Flugzeuge. Schweren Herzens fuhren wir wieder in unsere trostlosen Orte zurück.

Der Winter 1952/53 begann für mich wiederum mit einer großen Enttäuschung. Man hatte gehofft in der neuen Waldsiedlung Gremutschi arbeiten zu dürfen, wo mindestens mehrere deutsche Jugendliche waren. Mit ihnen ließ sich das harte Leben besser ertragen. Ich gehörte zu der kleinen Gruppe, die in die Weite der Taiga abkommandiert wurde. Also marschierte man 25 Kilometer an der Angara entlang und dann am Nebenfluß Kada nochmals 16 Kilometer. Während die anderen weiter nach Mendakon zogen, sollte ich in Tala bleiben. Hier waren nur Litauer und auch nur eine Baracke, in der alle untergebracht wurden. Wir schliefen alle auf einer durchgehenden Pritsche, fast Schulter an Schulter, wie in einem Gefangenenlager. Mich hatten sie zum Kennzeichnen der Baumstämme vorgesehen. Also zog ich jeden Tag mit Stecheisen und Hammer zum Stapelplatz. Immer wieder sollte ich nun auch den Aufseher, den sogenannten Desjatnik, vertreten. Diese Aufgabe habe ich gerne übernommen, denn hier waren Kenntnisse über die Güte der Baumstämme und Rechnen gefragt. Die übrige Zeit saß man am Feuer und träumte von besseren Zeiten. Das Wohnen in dieser Baracke war scheußlich; man konnte sich nicht mal richtig waschen. Alle machten nur Katzenwäsche am Wasserspender; für uns eine russische Erfindung. Zum Glück gab es am Wochenende ein Saunabad. Gottlob verließen wir nach einigen Monaten dieses Camp und durften uns in Mendakon niederlassen.

Dieser Ort war einem schon vom letzten Winter her bekannt, nur die Wege zum Abholzungsgelände waren weiter. Auch hier vertrat ich einige Wochen den „Desjatnik", ansonsten arbeitete ich mit einem Mädchen beim „Straßenbau".

An einem Donnerstagabend wurde ich ins Kontor gerufen und vom Meister gebeten, am Freitag und Samstag die Sauna zu heizen, denn die dafür zuständige Frau wäre erkrankt. Dieses lehnte ich sofort ab mit der Bemerkung, daß ich doch keine Erfahrung mit dem Saunaofen und der erforderlichen Temperatur hätte. Außerdem gäbe es doch auch ältere Russen- und Litauerfrauen. Man versprach mir gute Bezahlung und einen zusätzlichen Urlaubstag, da man es den anderen nicht zutrauen würde. Zwar ehrte es mich, daß man uns Deutschen mehr zutraute, aber ich versprach, nur am Freitag die Sauna für Frauen zu heizen. Damit gab sich das Leitungsteam, bestehend aus dem Meister und zwei Verwaltern, vorerst zufrieden. Also brachte ich die großen Granit- und Feldsteine von über 30 Zentimeter

Durchmesser von unten durch Holzfeuer zum Glühen. Dann ließ ich das Feuer ausgehen, sorgte für heißes und kaltes Wasser... und die Sauna war betriebsbereit.

Meine Bewährungsprobe als Saunafrau hatte ich bestens bestanden und das Lob blieb auch den Männern nicht verborgen. Als ich am späten Abend die Einnahmen im Büro ablieferte, wurde ich „bekniet", doch auch am Samstag die Sauna zu heizen. Als junges Mädchen war es mir peinlich, mich zwischen die nackten Männer mischen zu müssen und bat um Verständnis. Dann gaben alle Männer, die im Büro waren, vor allem der Chef, das Versprechen, sich gesittet zu benehmen und bevor sie in den Umkleideraum kamen anzuklopfen. Es war nicht üblich, Handtücher in den Schwitzraum mitzunehmen. Also, Augen zu und durch! Schließlich mußte man immer wieder in diesen Raum hinein, um Holz auf die Feuerung zu legen und den Heißwasserkessel mit Wasser aufzufüllen. Da es eine Dampfsauna war, goß ich zusätzlich Wasser auf die heißen Steine und vernebelte gänzlich den Raum. Die meiste Zeit verbrachte ich jedoch draußen in der Kälte. Der arme Wasserfahrer fror genauso wie ich, denn er mußte mit seinem Pferdeschlitten, auf dem eine Tonne befestigt war, laufend zum Fluß herunterfahren, um anschließend das Wasser durch eine Holzrinne in das Saunafaß zu gießen. Zum Schluß waren Schlitten und Tonne nur noch ein Eisgebilde, denn bei der Kälte fror jeder Tropfen sofort an.

Die wirtschaftliche Lage hatte sich verbessert. Jeder Werktätige bekam Arbeitskleidung geliefert, das heißt, eine Wattejacke, eine Wattehose und Filzstiefel. Wie nötig hätte man diese Kleidung im ersten Winter gehabt. Die Monatsabrechnung sollte pünktlich am letzten Tag im Lohnbüro abgeliefert werden. Daher mußte jemand bei Nacht die fast dreißig Kilometer auf dem Fluß, streckenweise auch durch den Wald, zu Fuß die Papiere in Kada abliefern. Da viele Litauer ihre Familien in Kada hatten, haben einige von ihnen diese Nachtwanderung durch die einsame Taiga auf sich genommen.

Eines Abends wurde auch ich ins Kontor gerufen und sollte nach dem langen Arbeitstag die „Swotka" nachts nach Kada bringen. Dieses lehnte ich strikt ab, da ich viel zu viel Angst hatte und zumal an diesem Tag der „Natschalnik", das heißt, der oberste Chef aus Kada gekommen war und auch noch in der Nacht nach Hause fuhr. Also sollte ich vorausgehen, um dann unter seiner Felldecke auf dem Schlitten zu landen. Konsequenzen wurden mir angedroht, aber was soll's... viel schlimmer konnte es nicht mehr kommen. Ich blieb beim Nein.

Zum erstenmal gab es in dieser Wintersaison eine Elektrostation mit Elektrosägen. Ab Februar 1953 arbeitete auch ich in einer Gruppe, die aus zwei Baumfällern und wir zwei Mädchen zum Ästeverbrennen bestand. Die Akkordarbeit war schwer, aber wer fleißig war, konnte mehr verdienen. Freude und ein wenig Hoffnung kam auf, als wir bei der Arbeit erfuhren, daß Genosse Stalin am 5.3.1953 verstorben ist. Die Elektrostation wurde abgeschaltet und man sollte die Gedenkminuten einhalten, und zwar jeder an seinem Arbeitsplatz. Unser litauischer Baumfäller meinte jedoch, die Zeit nutze ich und stellte sich hinter einen Baum. Soviel zur Verehrung und Totengedenken Stalins seitens der Verbannten.

Nach der Wintersaison durfte ich wieder nach Gremutschi, der neuerbauten Waldsiedlung an der Angara. Davor besuchte ich noch meine Eltern in Kadinska. Der

Kolchos war wirtschaftlich am Ende, so daß die russischen Familien wegzogen; die meisten meldeten sich im „Lespromchos" an und kamen nach Kada. Manche zogen auch nach Prospichino, dem größeren Kolchos. Inzwischen hatten meine Eltern sowie andere deportierte Familien mehr Kartoffelland erhalten, nur das Bebauen der Parzellen mit dem Spaten war sehr schwer, zumal von uns nur die Alten und Kranken im Kolchos blieben.

Die Sommersaison 1953 begann mit Vorbereiten der Holzstapel für die „Skatka", dem Herabrollen der Baumstämme in die Angara. Noch lagen große Eisbrocken am Ufer, aber in der warmen Junisonne schmolzen sie schnell dahin. Waltraud und ich hatten schon einige Stapel vorbereitet, als auf einem Stapel mit gutem Gefälle zur Angara hin ich noch vorne am Abhang beschäftigt war, meine Kollegin jedoch von hinten Baumstämme heranrollen wollte. Plötzlich hörte ich einen Schrei und sah, wie Waltraud auf etwa fünf dicken rollenden Stämmen liegend robbte, um nicht unter diese zu geraten. Ich lief entgegen und mußte in Sekunden entscheiden, wie man am besten die immer schneller rollenden Stämme aufhalten kann und ob man überhaupt die Kraft dazu hat. Dann stemmte ich meinen „Bagor", ähnlich einem Enterhaken, tief in den unteren Baumstamm, bekam die Wucht des Aufpralls in der Hüfte zu spüren, aber ich konnte die eventuell tödliche Gefahr von uns abwenden. Schutzengel sei Dank!

Flußabwärts der Holzstapel wurde von kräftigen Männern ein großes Auffangbecken erstellt. Mit einem Lastkahn wurde ein tonnenschwerer Anker weit in der Angara versenkt, von dem ein starkes Drahtseil mit dicht aneinandergereihten Baumstämmen zum Ufer geführt wurde. Danach rollten wir die Stämme in den

Fluß, die leider oftmals noch am Strand oder im seichten Wasser sich übereinandertürmten. Dann galt es bis zur Hüfte ins eiskalte Wasser hineinzuwaten, um diese ins tiefere Gewässer zu befördern, ohne Rücksicht auf die Gesundheit. Man goß das Wasser aus den Stiefeln und arbeitete mit nassen Kleidern weiter. So mancher trug einen gesundheitlichen Schaden davon, wie Erkältungen, Nieren- und Blasenentzündungen, etc.

In diesem Sommer arbeitete ich anschließend auf dem Wasser beim Floßbau. Zuerst wurden einige Plattformen erstellt; hierbei wurden drei Schichten Baumstämme versetzt übereinander gestapelt. Die erste Schicht war ganz leicht zu binden, bei der zweiten zog man die Stämme quer auch noch leicht herauf, da die erste etwas im Wasser absackte, nur die dritte Schicht erforderte Muskelkraft. Die übrigen Stämme wurden manuell zu Bündeln gebunden.

Nach der Floßarbeit wurde eine Gruppe zur Heuernte auf eine Insel geschickt, darunter auch ich. Man hatte zwar gesehen, wie man mit der Sense mäht und auch diese wetzt, aber das heißt noch lange nicht, daß man es auch kann. Da das Gras dicht am Boden geschnitten werden muß, kommt es auf die richtige gebückte Haltung, das heißt, dem Winkel der Sense an, ansonsten landete oftmals die Sensenspitze im Boden. Nach anfänglichen Schwierigkeiten lernte ich auch das. Wir schliefen im Heu unter freiem Himmel, nur zum Verrücktwerden war die ständige Mückenplage. Mit einem Lastkahn brachten wir das trockene Heu nach Gremutschi; der Rest wurde im Winter per Schlitten geholt.

Mit den Herbststürmen kam die Kälte. Die Angara wurde unpassierbar und der Nebenfluß Kada war bereits zugefroren, als an diesem 40 Kilometer weit in der

Taiga ein neues Barackenlager fertiggestellt wurde, das man Odnakon nannte. Wie ein Fluch kam für uns drei deutsche Mädchen die Anordnung, in dieser Wildnis die Wintersaison zu verbringen. Und wieder packte man seine sieben Sachen und marschierte den weiten Weg dorthin. Unterwegs durfte niemand schlappmachen, denn sonst wäre man erfroren.

In diesem Winter wurde ich wiederum ins Büro gerufen und der „Natschalnik" bot mir die Stelle als Lohnbuchhalterin an. Gerne hätte ich diesen Job angenommen, denn dann brauchte ich nicht mehr die schwere Waldarbeit zu machen, die große Kälte im Winter und die Mückenplage im Sommer zu ertragen. Zwei Gründe hielten mich dennoch davon ab: Einerseits die Ungewißheit, wie sicher die Kasse im Büro untergebracht war und wer eventuell noch Zugang zu dem vielen Geld hatte. Andererseits die Tatsache, daß man jeden Monat zusammen mit dem Chef das Geld zu den entlegenen Waldsiedlungen bringen und den Arbeitern die Löhne auszahlen mußte. Also fuhr man stundenlang mit dem „Natschalnik", der für seine Eskapaden bekannt war, durch die Wildnis. Wie man oft sagt: „Ist der Ruf erst ruiniert, lebt es sich ganz ungeniert". Dieses wollte ich mir nicht antun. Eine jungverheiratete Litauerin übernahm dann den Posten, und die Gerüchte-Küche brodelte.

Nach der Wintersaison gab es erst mal den dreiwöchigen Jahresurlaub, den ich in Gremutschi verbrachte. Nun war der Frühling 1954 ins Land gezogen. Die Natur bringt die sibirische Vegetation in ganz kurzer Zeit zum Grünen und Blühen. In der zweiten Maihälfte war der Eisgang schon vorbei, aber es schwammen noch reichlich Eisschollen auf der Angara. Der Nebenfluß Kada hat durch die Schneeschmelze Hochwasser, daher

83

müssen die Holzstapel in Odnakon so schnell wie möglich in den Fluß befördert werden. Wenn Arbeitskräfte angefordert werden, sind immer die Schwächeren dran, natürlich darunter auch ich. Unsere Gruppe besteht aus drei jungen Burschen und drei Mädeln. Um erstmal die 25 Kilometer bis nach Kada zu kommen, wird uns ein Boot zur Verfügung gestellt.

Am Ufer der Angara türmen sich noch Berge von Eisschollen, aber es gibt auch freie Stellen, von denen wir unser Boot ins Wasser schieben. Wir rudern stromabwärts an Eisschollen vorbei und sind froh, wenigstens diese Strecke nicht zu Fuß gehen zu müssen. Zeitweise lassen wir unser Boot von der Strömung treiben und genießen die Sonnenstrahlen, das blaue Wasser und die schneeweißen Eisschollen. Auf einmal haben die Burschen die Idee, das Boot auf eine Eisscholle zu ziehen und spazieren auf dieser herum. Dann ziehen sie eine Vodkaflasche hervor, trinken und bieten auch uns davon an. Anfangs lehnten wir natürlich ab, bis ich sagte: „Trinken wir lieber mit, dann bleibt denen weniger, denn mit Betrunkenen im Boot kann es gefährlich werden". In Kada angekommen, wurde unser kleines Gepäck auf Pferderücken verstaut und wir traten den 40-Kilometer-Marsch nach Odnakon an. Man rechnete vier Kilometer pro Stunde, denn es ging über Stock und Stein einen schmalen Pfad entlang. Angekommen mußten wir noch unser Bett herrichten, etwas essen und fielen dann hundemüde in den Schlaf. Am anderen Morgen wurden die Gruppen für die „Skatka" zusammengestellt. Wir waren vier Mädchen und die Arbeit verlief problemlos; auch über die Zahl der Arbeitsstunden waren wir uns einig. Es wurde meist zehn bis zwölf Stunden gearbeitet, dementsprechend war dann auch der Verdienst. Nach diesem Einsatz kehrten wir wieder nach Gremutschi zurück. Hier war ich auch wieder mit meiner Schwester zusammen.

Auch nach Stalins Tod hat sich für uns Verschleppte nichts geändert. Viele Familien bauten sich nun ein Häuschen in Gremutschi und holten ihre Eltern aus dem Kolchos Kadinska. Meine Schwester und ich bauten ebenfalls ein kleines Holzhaus, das wir im Kolchos auf der gegenüberliegenden Seite der Angara gekauft hatten, natürlich mit Hilfe einiger Männer wieder auf. Dann holten wir unsere Eltern, die glücklich waren, endlich bei uns zu sein. Um jedes Häuschen wurde noch eine Waldfläche für einen Gemüsegarten gerodet. Mein Vater wurde in diesem Ort als Schmied eingesetzt, worüber er sehr froh war. Nun wohnten wir einige Monate zu viert im Haus, bis meine Schwester heiratete und in ein eigenes Haus zog.

Mittlerweile gab es in den Geschäften mehr zu kaufen; ab und zu Schuhe oder Wintermäntel, sogar Seidenstoffe aus China. Die angelieferten zwei bis drei Radios oder Nähmaschinen waren schnell vergriffen. Frische Lebensmittel wie Fleisch, Eier, Milch gab es immer noch nicht. Vodka war stets vorhanden, nur sehr teuer. Teuer war auch Schokolade - 100 Gramm kosteten 12 Rubel (Tageslohn einer Putzfrau). An Unterhaltung wurde kaum etwas geboten. Höchstens zweimal im Jahr kam ein Wanderkino. In den Nachkriegsjahren gab es nur Filme über siegreiche Schlachten, später indische Filme ohne Übersetzung und einige neue russische Filme. Ein Clubraum wurde auch eingerichtet, und zwar mit Billardtisch, Schach und einigen anderen Spielen. Die wenigen Bücher die angeboten wurden, waren meist ein Lobgesang über den Kommunismus. Gelesen habe ich dann die Bücher von Dostojewski und Puschkin.

In den letzten Jahren wurden politische Gefangene, die ihre Strafe nach § 58 abgesessen hatten, nach Sibirien verfrachtet. Um diese Männer bemühten sich die russischen Frauen sehr und „jedes Töpfchen fand sein Deckelchen". Auch in unsere Waldsiedlung kamen mehrere Herren und bereicherten durch höhere Schulbildung unser Dorfleben.

Als die Floßarbeit sowie die „Skatka" bei uns beendet war, mußte ich mit einer kleinen Gruppe nach Jorma, eine Waldsiedlung circa 50 Kilometer stromaufwärts, um dort die bis dahin nicht geschafften Holzstapel in die Angara zu befördern. Dort lernten wir auch einige memelländische Familien kennen.

In der Wintersaison 1954/55 durften alle in Gremutschi bleiben. Nun wohnten wir mit unseren Eltern und genossen die guten nachbarschaftlichen Beziehungen mit unseren Landsleuten. Insgesamt waren hier zehn deutsche und fünf litauische Familien. Gemeinsam feierten wir Weihnachten und auch das neue Jahr. Der Winter war besonders kalt. Einige Male brachte der Meister Rukasujew vom Staat spendierten Vodka, und zwar für jeden Arbeiter ein bis zwei Gläschen, was einem bei minus 57 °C ganz gut bekommen ist. Auch die Pferde litten unter der Kälte; manchmal froren die Nüstern zu und sie konnten kaum atmen. Dann haben die Fahrer ihren Pferden die Nüstern freigerieben. Bei minus 58 °C durfte man heimgehen, was aber nur einige Male in all den Jahren vorkam.

Der Frühling kam und die Angara wurde wieder unpassierbar. Im Winter hatten wir uns daran gewöhnt, zu Fuß die zwei Kilometer über den Fluß zum gegenüberliegenden Kolchos Paschino zu gehen. Man kaufte dort landwirtschaftliche Erzeugnisse ein und schaute auch öfter in deren Geschäft herein. In diesem Winter konnten wir kein Schwein mehr schlachten, denn im weiten Umkreis war in den landwirtschaftlichen Betrieben die Schweinepest ausgebrochen. Es gab keine Ferkel zu kaufen, so daß auch für den nächsten Winter kein Schlachtfest zu erwarten war.

In Absprache mit dem „Predsidatel" des Kolchoses Paschino verteilte unser Chef Ende Mai Parzellen auf einem bereits gepflügten Ackerland, das circa zehn Kilometer stromabwärts von unserem Ort war. Auch wir erhielten zwanzig Ar und fuhren mit anderen Arbeitskolleginnen das Boot mit Saatkartoffeln bepackt an einem Samstagabend dorthin, um Kartoffeln zu setzen. Wir hatten schon einen langen Arbeitstag hinter uns, aber Müdigkeit konnten wir uns noch nicht leisten. Also nahmen wir unsere Spaten und bebauten das Land. Es war eine helle Nacht, aber gegen 24 Uhr war die Dämmerung für etwa dreißig Minuten so stark, daß man kaum den Abstand zwischen den zu setzenden Kartoffeln sehen konnte. Dann wurde es heller und meine Schwester und ich arbeiteten ohne Pause. Als auch die anderen mit ihren Parzellen fertig waren, begann schon das Morgenrot zu leuchten. Danach treidelten wir unser Boot nach Gremutschi zurück mit der Vorfreude auf eine gute Kartoffelernte im Herbst.

Erneut begann die Sommersaison mit dem Herabrollen der Baumstämme und der Floßarbeit. Am Wasser beziehungsweise auf der Angara waren die dreißig bis vierzig Grad Wärme noch erträglich, dennoch quälten uns oft dazu noch die Moskitos, so daß man vermummt arbeiten mußte.

87

Die Floßfahrt

Nun ist es geschafft... das erste Floß ist fertiggestellt. Diesmal gehöre auch ich zu den Begleitpersonen. Wir sind vier Mädchen und drei Burschen sowie ein erfahrener Lotse. Wie bereits erwähnt, gibt es zwei Plattformen. Auf der ersten Plattform, dem sogenannten „Tscheleno", lagern zwei tonnenschwere Ketten, deren einzelne Glieder aus armdickem Eisen bestehen und dementsprechend groß sind. Normalerweise läßt man fünf bis zehn Meter der Kettenenden über den Grund schleifen, um auf diese Weise das Floß zu strecken. Außerdem liegt am äußersten Ende der Plattform ein ebenso schwerer mit zwei Metern Spannweite großer Anker. Um Ketten und Anker auf den Angaragrund zu versenken und nach Bedarf wieder heraufzuziehen, benötigt man ein etwa fünf Meter im Durchmesser großes waagerecht angebrachtes Rad. Auf dem zweiten „Tscheleno" steht ein Blockhaus, in dem wir nun Quartier beziehen. In der Mitte steht ein Tisch mit zwei Bänken und an den Wänden unsere Holzpritschen. Vor dem Haus ist eine Feuerstelle, über der ein Zinkeimer für das Teewasser hängt. Hinter dem Haus beginnen die in acht- oder zehnerreihen gebündelten Baumstämme, die sich bis zu achthundert Metern hinziehen und ganz vorne ist noch eine Plattform, auf der eine Bretterbude und eine Feuerstelle ist. Außerdem gehören zu unserer Ausrüstung ein Kahn, Enterhaken, Draht und Drahtzangen sowie Äxte. Zur Begleitung des Floßes wird in den letzten Jahren ein Schlepper zur Verfügung gestellt. Der Schlepper, der uns begleitet, hat 300 PS und eine Crew von vier Personen, d. h., drei Männer und eine Frau als Köchin.

Nachdem alle an Bord sind, heißt es Anker lichten und ab geht die Fahrt. Das Floß wird vom Schlepper zur Mitte der Angara geschoben. Unser Lotse muß nun die circa 15.000 Kubikmeter Holz sicher bis zum Jenisej bringen. Wenn es gut geht haben wir in sechs Tagen die fünfhundert Kilometer geschafft. Vorerst genießen wir die unbeschwerten Tage auf dem Floß. Bei ruhigem Wetter gleiten wir gemächlich dahin, vorbei an Dörfern und Inseln. Ansonsten sehen wir nur links und rechts der Angara die bergige, bewaldete Landschaft der Taiga. Abends sitzen wir alle um unsere Feuerstelle und plaudern bis in die Nacht hinein. Hier auf dem Wasser ist man die Mückenplage los, nicht aber die Annäherungsversuche der „Kateristen", d. h., der Schleppermannschaft.

Nach drei Tagen kam ein starker Wind auf und hat unser Floß mächtig zusammengerüttelt; besonders in der Nacht. Daher heißt es am anderen Morgen, die Brigade rückt zur Überprüfung und Reparatur des Floßes aus. Tatsächlich sind von mehreren „Putschoks", den Holzbündeln, die einen Zentimeter starken Drähte gerissen. Jetzt gilt es, die Baumstämme nach Möglichkeit mit einem neuen Draht wieder zusammenzubinden. Die Baumstämme, die davongeschwommen sind, werden als Verlust abgeschrieben. Ab und zu ist es erforderlich, daß der Schlepper das Floß ins tiefere Fahrwasser schiebt. Am gleichen Abend, als wir vor dem Haus die letzten Lichtstrahlen der untergehenden Sonne genießen, schießt plötzlich ein dicker Baumstamm von sechseinhalb Metern Länge aus der unteren Reihe der Ankerplattform senkrecht in die Höhe, das heißt, unser Floß schleift bereits am felsigen Boden. Vor Schreck springen wir zur Seite und krachend fällt der Baumstamm herunter und beschädigt dabei eine Vorrichtung.

91

Unverzüglich ordnet der Lotse an, Anker und Ketten zu Wasser zu lassen, und unser Floß kommt zum Stehen. Ein Glück, daß wir nicht zu weit vom Ufer entfernt sind. Wir warten einen Tag, den zweiten und dritten Tag, der Wasserstand nimmt nicht zu. Unserer „Schiffsbesatzung" wurde es zu langweilig und fuhr davon. Fast gegenüber auf der anderen Seite war ein Kolchos. Da in der abgeschiedenen, trostlosen Gegend ohnehin nichts los war, kamen eines abends junge Burschen vom Kolchos zu uns herübergerudert. Sie hatten ihre „Garmoschka" dabei und spielten auf der Ziehharmonika uns etwas vor. Unsere russische Arbeitskollegin war von einem jungen Mann sehr angetan und als dieser ihr einen Heiratsantrag machte, fuhr sie am selben Abend mit... und da waren wir nur noch sechs.

Langsam gingen die Essensvorräte aus und unser Lotse schickte uns vier Personen mit dem Boot einen Nebenfluß mehrere Kilometer weit herauf zu einer Waldsiedlung. Der Fluß war nicht breit und hatte wenig Strömung. Dort, wo es ging, treidelten wir, ansonsten war rudern angesagt. Wir übergaben den Bestellschein unseres Lotsen dem Kaufmann, bezahlten die Ware und mußten auf frisches Brot bis zum anderen Tag warten. In einer Schule durften wir übernachten. Zwar waren die Bänke hart, aber man hatte uns abgewöhnt, anspruchsvoll zu sein.

Nach einer Woche hieß es wieder: „Anker lichten". Langsam glitt unser Floß stromabwärts, denn inzwischen hatte es heftig geregnet und die Angara führte mehr Wasser. Nun war ich mit Martha an der Reihe, am anderen Ende des Floßes auf der kleinen Plattform die ganze Nacht ein Feuer brennen zu lassen, damit der Lotse in der Dunkelheit sehen konnte, wo sich das vordere Ende befand. Man war sich der Gefahr bewußt, daß man bei den vielen Untiefen auf Felsgestein auflaufen könnte und dann durch die Kraft der Strömung die anderen Baumstämme auf uns heraufgeschoben würden. Zur Not hatten wir unseren Kahn dabei. Als am Horizont sich ein wunderschönes Morgenrot zeigte und wir weit entfernt von allen Menschen am verlöschenden Feuer saßen, war es fast romantisch. Wir beschlossen, in der Bretterbude den Schlaf nachzuholen, denn im Blockhaus kam man kaum zur Ruhe, vor allem belästigten uns die Männer vom Schlepper. Wir wurden jedoch nach einer Stunde durch Megaphon von unserem Brigadier „zurückgepfiffen". Nun treidelten wir unser Boot fast einen Kilometer zurück zum Haus. Schwierigkeiten machten uns die bis zu zwei Meter breiten Zwischenräume, sogenannte „Schalmans", die sich inzwischen zum Teil vergrößert hatten. Also balancierte man wie ein Artist über das Drahtseil von einem Holzbündel, dem „Putschok", zum anderen. Wenn man wenigstens schwimmen gelernt hätte!

Die Strömung der Angara wurde stärker und schob das Floß fast wie eine Ziehharmonika zusammen. Jetzt war Eile geboten und wir ließen mittels unserem „Roßwerk" und mit Hilfe der Brechstangen die links und rechts liegenden tonnenschweren Ketten ins Wasser, die am Boden schleifend das Floß bremsten und somit zum Strecken brachten. Ich hievte langsam die linke Kette über den Baumstamm am Rande, als Kolja, der das gleiche rechts machte, aufschrie. Er war mit seinem Handschuh und Finger zwischen die Kettenglieder gekommen. Seine Hand war schon im Wasser und er drohte in den nächsten Sekunden mit der Kette im Strom zu versinken. Unser Brigadier beziehungsweise Lotse stand hilflos da, anstatt zu helfen. Blitzschnell rief ich nach hinten: „Rad zurück, Ketten lokkern!" Dies wurde befolgt und Kolja konnte in diesem Moment seine Hand herausziehen. Der gequetschte Finger war schmerzhaft, aber das kleinere Übel.

Das Floß trieb an der linken Uferseite entlang. Teilweise war die Angara drei bis vier Kilometer breit. Langsam näherten wir uns dem „Murskij Porog", einem Wasserfall über die ganze Breite des Flusses und etwa fünfhundert Meter lang. Schon von weitem hörten wir das Rauschen des Wassers, und nicht selten sind hier Flöße zerschmettert worden. Wie von Geisterhand gesteuert, treibt unser Floß auf einmal quer von der linken zur rechten Stromseite. Es ist ein seltsames Bild. Sicherlich stoßt das Wasser gegen eine unsichtbare Felswand und erzeugt so die Strömung von links nach rechts. Auf der rechten Seite angekommen verläuft die Fahrrinne wieder stromabwärts und unser Floß passiert holpernd und wellig den „Porog". Mehrere Drähte der Holzbündel reißen, Baumstämme schwimmen davon. Bei uns herrscht höchste Wachsamkeit... zur Not haben wir noch den Schlepper. Dann kommen wir wieder ins ruhige Gewässer und atmen auf. Die letzten circa zweihundertfünfzig Kilometer bis Strelka schaffen wir ohne Probleme, zumal die Angara hier tiefer ist. Im Mündungsbereich der Angara, kurz vor dem Jenisej, werfen wir unseren Anker und lassen die Ketten sicherheitshalber auch zu Wasser. Danach bringt uns der Schlepper an Land und unsere „Odyssee" ist beendet.

Hier in Strelka wird uns zur Übernachtung eine Männerbaracke zugewiesen. Da es zum Schlafengehen noch viel zu früh ist, gehen wir durchs Dorf spazieren. Es ist Samstagabend und die jungen Leute des Ortes haben sich an einer aus Brettern gezimmerten Tanzfläche im Freien versammelt. Die Musik spielt und auch wir wagen einige Tänze, bevor wir uns wieder zur

Schlafstätte begeben. Am anderen Morgen fahren wir mit demselben Schlepper zurück. Wir halten uns oben an Deck auf, denn die paar Kabinen sind nur für die Mannschaft vorgesehen. In der Nacht schlafen wir Mädels am Bug unter freiem Sternenhimmel, werden aber vom „Kapitan" ständig mit seinem Scheinwerfer angeleuchtet. Am zweiten Tag steuern wir Bogutschan an und versorgen uns mit Lebensmitteln. Hier wird uns privat Honig angeboten, den wir seit der Heimatzeit nicht mehr gegessen haben. Ich kaufe gleich ein Kilo Honig in einem „Tujasok", ein Behälter aus Birkenrinde, und hoffe, meinen Eltern damit eine Freude zu machen.

Am nächsten Abend gesellt sich ein zweiter Kutter zu uns. Die beiden Schiffe werden zusammengebunden, die Motoren abgestellt und die Sauferei der Mannschaft beginnt. An Schlafen ist in dieser Nacht nicht zu denken. Wir halten uns im Führerhaus auf. Der zweite Steuermann will mich mit Gewalt auf den zweiten Kutter rüberschleppen, was ihm jedoch nicht gelingt, das heißt, nachdem ich ihm einige Schläge ins Gesicht verpaßt habe, ließ er davon ab.

Erst am späten Vormittag, als die Mannschaft ausgeschlafen hatte, ging die Fahrt weiter. Wir hielten wiederum an einem Dorf, wo unter anderem drei Leute mit ihrem Kahn stromaufwärts mitgenommen werden wollten. Für eine Flasche Vodka ging alles. Also band man den Kahn an einem circa acht Meter langen Seil an und zog diesen samt Insassen hinter sich her. Dann legte der Kapitän sich zur Ruhe und der zweite Steuermann übernahm das Ruder. Nach einer Weile ging es „mit Volldampf voraus" weiter und die Insassen des Bootes drohten unterzugehen und schrieen vor Angst. Wir bangten um das Leben der Leute und machten den

Steuermann darauf aufmerksam, aber der schien seinen Spaß daran zu haben. Danach muß jemand den Kapitän geweckt haben, der heraufgestürzt kam, den Kollegen zur Seite stieß und das Ruder bei voller Fahrt herumriß. Der Schlepper bekam dadurch Schlagseite fast bis zum Wasser, wodurch einige von uns bis zur Reling flogen; ein Wunder, daß dabei niemand über Bord ging. Die Leute im Kahn hängten sich dann ab und mußten in der Nähe des Ufers über einen sehr breiten Algenteppich rudern.

Am darauffolgenden Tag näherten wir uns Tschedobitz, der letzten Ortschaft vom Bogutschanski Rayon. Als wir hier an der Landungsbrücke hielten, stand bereits der uns bekannte Schlepper jener Nacht und die Belegschaft war in voller Aufregung. Ein junger Matrose hatte einen Kopfsprung vom Schiff ins kühle Naß gewagt und war nicht mehr aufgetaucht. Bewußtlos wurde er aus der Angara geholt und die Mannschaft machte Wiederbelebungsversuche, indem sie den Matrosen in einer Decke hin- und herrüttelten. Die richtige Methode war uns allen nicht bekannt, auch nicht der herbeigeholten Sanitäterin. Der Mann verstarb – was zählt schon ein Menschenleben in Sibirien. Traurig für seine Angehörigen, denn es war ein sehr junger Bursche. Wir verließen den Unglücksort und waren am späten Abend wieder zu Hause.

Die letzten Herbsttage 1955 verbrachten wir mit allerlei Hilfsarbeiten, u.a. mit Holzsägen, Heu von den Kolchosinseln holen, welches vom „Lespromchos" als Winterfutter für die Pferde gekauft wurde. Dafür wurde ein Lastkahn, die sogenannte „Perewosne", bis zu 100 Kilometer stromaufwärts von zwei Pferden getreidelt, anschließend von uns fünf Personen zur Insel herübergerudert und mit Heu beladen. Zurück ließen wir uns teils von der Strömung treiben, teils wurde zu viert gerudert, vor allem über die Stromschnellen, die unseren Lastkahn ganz schön zum Schaukeln brachten.

An den letzten Herbstsonntagen brachten wir die private Kartoffelernte ein. Danach begann auch schon die Angara zuzufrieren. Die Wintersaison begann und ich durfte, Gott sei Dank, in Gremutschi arbeiten. Diesmal wurde ich zur „Stabilowka", d.h., zum Stämme rollen eingeteilt. Auf einem Stapelplatz arbeiteten drei bis vier Gruppen zu vier Personen. Auch hier arbeitete jede Gruppe im Akkord, daher war es wichtig, daß die Fahrer die Baumstämme auch zeitig anlieferten. Diese Tätigkeit beanspruchte viel Kraft, besonders das Tragen der zehn bis zwölf Meter langen Kiefernstämme, die als Schienen zum Rollen der dicken Baumstämme genutzt wurden. Da man diese „Romszen" stets zu zweit holte, habe ich schon befürchtet, daß man von der Last O-Beine bekommen könnte. Aber was tat man nicht alles für „Väterchen Rußland", schließlich bekam man dafür ab und zu eine Auszeichnung, die auch ins Arbeitsbuch eingetragen und mit einer Prämie von ein- bis dreihundert Rubel belohnt wurde. Andererseits war man seit den ersten Jahren „verpflichtet", ein Monatsgehalt als Staatsanleihe zu zeichnen. Wer es nicht tat, bekam eine schlechtbezahlte Arbeit.

Der Winter verging ohne besondere Vorkommnisse, sei dann, auch unter unseren Landsleuten gab es inzwischen Hochzeiten und Geburten. Für Frauen war es schon erstrebenswert, nur noch Hausfrau zu sein und sich somit der schweren Waldarbeit zu entziehen. Das Schlimmste war, wie beim Militär, bei Bedarf von einem Einsatzort zum anderen geschickt zu werden.

Die Expedition

Als der Sommer kam, wurden von einem Vermessungsbüro in Krasnojarsk wieder Arbeitskräfte für eine Expedition angefordert. Wie immer, wurden auch diesmal die jüngsten und schwächsten Arbeitskräfte abkommandiert. Auch ich mußte mein Bündel packen und mit drei anderen Mädchen und zwei Burschen mich auf die andere Angaraseite begeben, wo wir von einigen Vermessungsingenieuren und vier freiwilligen russischen Männern schon erwartet wurden. Einige Akkergäule wurden mit Zelten, Lebensmittel etc. bepackt und die Karawane zog kilometerweit in die Taiga hinein.

Seit einem halben Tag wanderten wir in Richtung Süden über einen kaum sichtbaren Trampelpfad. Sicherlich waren es einst die Wege von Trappern. Mükken- und Moskitoschwärme begleiteten uns und trotz der Hitze von an die vierzig Grad, sind wir gezwungen, mit Jacke, langen Hosen, Stiefeln und einem Netz vor dem Gesicht zu marschieren. Unsere Feldflaschen sind leergetrunken und der Durst macht sich bemerkbar. Endlich gegen Abend kommen wir an einen Bach, wo wir unsere Zelte aufschlagen. Erika und ich, wir „taigaerprobten Blaubeersucher" aus den ersten Sibirienjahren, beziehen gemeinsam ein kleines Zelt. Neben uns schlagen Gertrud und Martha sowie Walter und Martin ebenfalls ihre Zelte auf, wobei die Ingenieure eine größere Behausung haben. Größer ist auch das Vorratszelt, in dem die Köchin wohnt. Mit zwei weiteren Zelten der russischen Männer ist unser „Tabor", d.h. Zigeunerlager, komplett. Etwas weiter am Bach, wo ein klares Quellwasser fließt, wird mit dem Spaten der Boden für eine Feuerstelle von Moos und Gras befreit. Dann besorgen wir trockenes Holz und setzen den Teekessel auf. Später kochte jeder, wenn überhaupt, sein Süppchen für sich. Ein Kurier belieferte uns von Zeit zu Zeit mit Brot, Reis und Konserven. Im allgemeinen war es eine Fastenzeit.

Am ersten Morgen wurden wir in Gruppen aufgeteilt, d.h., paarweise, nur wir vier Jüngsten sollten eine Gruppe bilden. Da wir keine Ahnung von unserer Aufgabe hatten, zogen Walter, Martin, Erika und ich mit einem Ingenieur in den Wald, ausgestattet mit einem Kompaß, dem sogenannten „Bussole", einem langen Bandmaß und Äxten. Als wir an einem bestimmten Punkt angelangt waren, zeigte man uns, was wir zu tun hatten. Wir zum Beispiel sollten eine Schneise, d.h., eine gerade Linie nach Westen schlagen, und zwar acht Kilometer lang. Nach vier beziehungsweise acht Kilometern würde man, sofern schon vorhanden, auf die Querlinie der anderen stoßen. Nun hieß es die Sträucher und Bäumchen, die im Wege standen zu entfernen, die dicken Bäume in Augenhöhe mit der Axt weiß markieren und alle circa fünfzig Meter einen weiß angespitzten Holzstab in den Boden zu rammen. So entstand eine kilometerlange gerade Linie ohne geringste Abweichung. Auf dem Rückwege mußte die Strecke noch vermessen werden. Der Ingenieur zog sich zurück und wir vier arbeiteten nun im Akkord. Sehr bald stellten wir fest, daß wir zu viert uns nur gegenseitig behinderten. Als wir unsere Mittagspause machten, hatten die Burschen ihren Wasservorrat längst ausgetrunken und durstig wie sie waren, beschlossen sie, oben vom Berg in die Schlucht hinunterzulaufen. Wir warteten und warteten - anscheinend war die Schlucht doch weiter, als sie dachten. Endlich kamen sie wieder, und zwar noch durstiger als zuvor, denn in der Schlucht gab es kein Wasser.

Beim Sonnenuntergang gingen wir zum „Tabor" zurück und protestierten gegen die Vierergruppe. Also wurden wir getrennt, bekamen unser zweites Bandmaß und Bussole. Somit waren Erika und ich ein Team. Die Arbeit ging gut voran, auch wenn die Hitze uns sehr zu schaffen machte. Manchmal aß man vor Durst die jungen, saftigen Triebe der Tannen oder buddelte im ausgetrockneten Bachbett nach etwas Wasser. Wenn man Glück hatte, bildete sich eine Pfütze, leider mit Mikrotierchen. Dann schlürfte man eben das Wasser durch den Stoff unseres Netzes. Aber es gab auch Regentage. Bis auf die Haut durchnäßt kehrte man abends zum Lager zurück. Am anderen Tag zog man das nasse Zeug wieder an, das bei Sonnenschein dann wieder austrocknete. Nach so einem Regen erholte sich die Flora und es blühten die Kaiserkronen, Frauenschuhe und andere Blumen wunderschön. Man genoß die reifen wilden Himbeeren, die Preisel- und Blaubeeren. So vergingen Tage und Wochen. Sobald man eine Schneise von acht Kilometern fertig hatte, begann man vier Kilometer weiter mit der Parallelschneise. So entstanden vier Kilometer große Quadrate, in denen dann die Ingenieure den Baumbestand sowie den Holzvorrat feststellten.

Im allgemeinen war man in der Wildnis alleine. Hier hatte bestimmt noch kein Mensch den Boden betreten. Was nützte es uns, wenn man wußte, daß im Umkreis von zehn oder zwanzig Kilometern irgendwo noch ein paar Leute von unserer Expedition waren. Eines war klar - im Norden war die Angara und im Süden stieß man höchstens auf die Transsibirische Eisenbahn. Der Kompaß war unsere Lebensversicherung und außerdem war es wichtig, sich nicht zu weit von der Schneise zu entfernen.

Eines Tages mußten wir etwa acht Kilometer die Hauptschneise in Richtung Süden gehen, um zu unserer Parallelschneise zu kommen. Wir hatten uns schon sehr weit vorgearbeitet, als vor uns ein Sumpfgebiet zum Vorschein kam. Ich versuchte über die im Wasser stehenden Grashügel weiterzugehen, trat beinahe in ein Kreuzotternest und stellte fest, daß diese Hügel ganz schnell im Sumpf versanken. Erst jetzt sahen wir, daß auf jedem dritten oder vierten Grashügel sich Schlangen aufhielten. Es blieb uns nichts anderes übrig, als im großen Bogen dieses Sumpfgebiet zu umgehen. Als wir endlich auf der anderen Seite ankamen, peilte ich unsere Linie an und stutzte, daß nur ein weiß angespitzter Stab zu sehen war und dahinter ein dunkler Baumstamm. Erst beim zweiten Blick erkannte ich einen stehenden Bären, der uns beobachtet hatte. Blitzschnell war er dann wieder verschwunden. Obwohl Bären den Menschen aus dem Wege gingen, sollte man, laut Erfahrung der Einheimischen, um Bärinnen mit Jungen einen Bogen machen. Wenn wieder einmal ein Hirsch oder Bär im Gebüsch mit Geräusch davonlief, klapperten wir mit unseren Äxten und hofften, diese weit weggetrieben zu haben.

Es war unser Bestreben, noch an diesem Tag die Schneise auf acht Kilometer durchzuschlagen, aber leider ging die Sonne schon unter und wir hatten auch keine Lust, erstens in den Abendstunden das Sumpfgebiet zu umgehen und zweitens, am anderen Morgen erneut die weite Strecke zurückzulegen. Also beschlossen wir, im Wald zu übernachten. Auf einer Anhöhe bauten wir uns ein Zelt aus Tannenzweigen. Auch als Unterlage waren weiche Zweige von Edeltannen von

Vorteil. Hungrig legten wir uns schlafen und überließen alles weitere unserem Schutzengel.

Irgendwann gegen Morgen, es war noch recht dunkel, wachte ich von einem Rascheln auf. Es hörte sich an, als würde sich ein Bär heranschleichen. Auch Erika hob den Kopf und lauschte. Schweigsam warteten wir ab, stellten dann aber freudig fest, daß nur ein leichter Regen über das trockene Laub herannahte. Obwohl wir naß wurden, war dies das kleinere Übel. Wir saßen dann an einem Baum gelehnt und warteten auf das Morgengrauen. Außerdem waren wir froh, daß es keinen Gewitterregen gab, denn unser nächtlicher Aufenthalt in der Taiga war abenteuerlich genug. Als es hell wurde, beendeten wir unsere Arbeit an der bereits vorhandenen Querlinie und kehrten zum Zeltlager zurück. Den Rest des Tages verbrachten wir im Zeltlager; hängten unsere nassen Kleider zum Trocknen auf, holten etwas Schlaf nach und gingen weiter am Bach entlang, um uns gründlicher zu waschen, was bei der Mückenplage auch nicht einfach war.

Nicht jeder hielt diese Strapazen durch. Der eine „freiwillige" Mann hat schon nach einer Woche aufgegeben, indem er vor Wut gegen die Mückenplage sich im Wald seiner Kleider nach und nach entledigte und nackt zum Zeltlager zurückgelaufen sein soll. Kein Wunder, daß er der am Tage alleine zurückgebliebenen Köchin einen großen Schreck „eingejagt" hatte. Auch der zweite russische Mitarbeiter verließ unser Camp. Wir aber machten Tag für Tag weiter – wenn wir Durst hatten, träumten wir von unserem kühlen Brunnenwasser in der Heimat, wenn der Schweiß nur so triefte und die Moskitos uns plagten, dachte man an den schönen Ostseestrand auf der Kurischen Nehrung. Wenn bei Gewitter die Blitze irgendwo in einen Baum einschlugen oder aufleuchteten, warf man vor Schreck die Axt aus der Hand, als ob das etwas genützt hätte. Durch einen Blitz war auch ein Waldbrand entstanden und unsere gesamte Mannschaft rückte aus, um diesen zu löschen. Mit Zweigen löschte man den Brand am Boden, brennende Bäume wurden gefällt, aber erst ein erneuter Regen löschte das Feuer. Uns blieb auch wirklich nichts erspart.

Es war Ende August und der vorgegebene Plan war so gut wie erfüllt. Erika und ich bekamen noch einen letzten Auftrag, weit weg vom „Tabor" eine Schneise in Richtung Osten zu schlagen. Diesmal nahmen wir unser Zelt, obwohl schwer zu schleppen, mit und zogen los. Unsere Schneise führte mal in eine tiefe Schlucht hinab, mal über einen Berg. Gegen Abend kamen wir auf ein Plateau, auf dem großflächig ein Blaubeer-Teppich lag. Beere an Beere und so groß wie Kirschen, dazwischen ein noch dampfender großer blauer Kothaufen. Demnach hatten wir soeben einen Bären vertrieben. Wir legten unser Zelt und Handwerkzeug ab und ließen uns die Beeren schmecken. Bei dieser Gelegenheit entdeckten wir, daß wir kurz vor der Querlinie der anderen Arbeitskollegen angelangt waren. In dieser Schneisenecke bauten wir unser Zelt auf, nahmen unseren Kompaß und gingen weiter Richtung Osten auf der Suche nach Wasser. Wir hatten Glück! Gleich hinter dem großen Blaubeerfeld plätscherte im Gestrüpp eine Wasserquelle. Nachdem wir unseren Durst gestillt und die Feldflaschen gefüllt hatten, gingen wir zum Zelt zurück und genossen das Abendrot bei einem Stückchen Brot.

Auf einmal hörten wir das Knacken der Äste. Wir vermuteten, daß eine Bärenfamilie auch zum Abendessen auf dem Blaubeerfeld anmarschierte. Im Gegensatz zu anderen Paaren, gaben wir zu, daß wir in solchen Momenten doch Angst hatten. Wenn man nachts wenigstens ein Lagerfeuer hätte anzünden dürfen! Gott sei Dank, hörten wir freudige Stimmen der zwei russischen Männer, die durstig uns um Wasser baten. Sie erzählten, daß sie es vor Durst nicht mehr ausgehalten hätten und somit kilometerweit zurückgelaufen seien. Anschließend gingen wir zur Wasserquelle und füllten unsere Feldtaschen wieder auf. Dann baten uns die Männer, in unserem Zelt übernachten zu dürfen. Für uns stellte sich die Frage: „Angst vor Bären oder diesen unbekannten Männern zu haben?" Letztendlich schliefen wir brav, ohne Annährungsversuche, eng nebeneinander. Am anderen Morgen trennten sich unsere Wege. Die Männer mußten noch ihre Schneise zu Ende führen und wir zwei gingen die Linie vermessend zurück.

Nach und nach kehrten auch die anderen Paare zurück und die Expedition war beendet. Am letzten Abend am Lagerfeuer erzählte uns das Leitungsteam, daß sie bei unserer Ankunft „die Hände über den Kopf zusammengeschlagen" hätten mit der Bemerkung: „Diesmal überwintern wir in der Taiga!" Im Jahr davor hätten sie mit russischen kräftigen Männern gearbeitet und wären beim ersten Schneefall noch nicht fertig gewesen. Also bedankten sie sich recht herzlich bei uns und gaben unseren Verdienst bekannt. Diesmal haben wir Mädchen auch nicht weniger als die Männer, vielleicht sogar noch mehr, verdient, denn hier war Ausdauer und Fleiß gefragt.

Dann war da noch eine Sache. Jedes Jahr im August mußte die Staatsanleihe gezeichnet werden. Wer gehofft hatte, man würde uns in der Taiga vergessen, hatte sich geirrt. Diejenigen, die zuerst gefragt wurden, nannten den Betrag zwischen 250,- und 350,- Rubel und waren froh, mit der Hälfte des sonst üblichen Monatsgehaltes davongekommen zu sein. Als ich gefragt wurde, nannte ich 25,- Rubel, was ohne Protest angenommen wurde. Erika tat das Gleiche. Da dieser Betrag in zehn Monatsraten abgezogen wurde, löste später bei der Lohnzahlung, wenn vor versammelter Mannschaft die Lohnbuchhalterin die Abzüge vorlas, meine Rate von 2,50 Rubel allgemeines Gelächter aus; vielleicht war es auch Bewunderung zu meinem Mut?

Heutransport

Nach der Rückkehr von der Expedition gönnte man uns nur paar Ruhetage. Schon kam die nächste Anweisung, und zwar mit einer „Elimka", gezogen von einem Schlepper, etwa 150 Kilometer stromaufwärts von einer Insel Heu zu holen. Anni, Ruth, Erika und ich fuhren erst am Nachmittag ab und trafen am Abend in Balturino ein, wo wir in einer Frauenbaracke übernachteten. Schon am Abend besuchten zwei entlassene Sträflinge die Weiber, die ihre Geliebten waren. Außerdem waren da noch zwei litauische Schwestern, die das Schicksal hart getroffen hatte, denn noch im ersten Jahr der Deportation verstarb deren Mutter und die Sechzehnjährige mußte die kleine neunjährige Schwester ernähren. Alle anderen Litauer in Balturino hatten bereits eigene Häuser gebaut und wohnten im Familienkreis.

Es war schon gegen Mitternacht und wir hatten uns längst zur Ruhe gelegt, als die zwei „Sträflinge" und noch zwei weitere Burschen angetrunken in unsere Baracke kamen. Sie zündeten die Petroleum-Lampe an, um zu sehen, wer wo schläft. Der eine Sträfling zog mich mit Gewalt auf ein Bett in die andere Ecke, wo nebenan noch eine Arbeitskollegin mit Martin, einem Landsmann aus diesem Ort, auf der Bettkante saßen. Auch die anderen Mädchen wurden belästigt, nur bei denen wurde keine Gewalt angewendet. In meiner Not bat ich Martin, den Landsmann, mir zu helfen, denn er war ein kräftiger erwachsener Mann, aber der Feigling rührte sich nicht, obwohl er nur einen halben Meter davor saß. Also schrie ich, was ich konnte und hoffte, von außen Hilfe zu bekommen. Obwohl die Litauermädchen immer wieder die Lampe anzündeten, wurde diese vom anderen „Sträfling" gelöscht. Letztendlich verließen auch diese Mädchen die Baracke. Bis dahin konnte ich mich erfolgreich wehren, zumal ich noch zwei lange Hosen et cetera anhatte. Dann rief dieser Kerl jedoch seinen Kumpel herbei, der meine Hände festhalten sollte. Martin schwieg weiter und schaute zu...dieser Spanner! „Erika helfe mir", rief ich in letzter Not und Erika kam herbeigelaufen, steckte ein paar Schläge ein, aber ich war gerettet. Die Kerle ließen von mir ab und meiner Beschützerin Erika bin ich noch heute dankbar.

Am anderen Morgen ging unsere Fahrt weiter. An diesem Abend hielt der Schlepper an einem Dorf, wo wir in unserem Lastkahn, gestört von einheimischen Burschen und der Schlepperbesatzung, unter freiem Himmel übernachteten. Auf der Insel beluden wir unsere „Elimka" und fuhren heimwärts, übernachteten einmal tief im Heu eingebuddelt, denn die Herbstnächte waren sehr kühl. In Balturino angekommen, sollten wir wiederum in dieser Baracke übernachten, das Heu hier abladen und erneut zur Insel fahren. Dies kam für mich nicht mehr in Frage. Ich animierte Erika, mit mir nach Hause zu gehen. Wir übernachteten bei Erikas Verwandten und marschierten über 40 Kilometer nach Hause.

Als Verwalter

Im Herbst 1956 wurde ich ins Kontor gerufen und von einigen Leuten vom „ORS", einer Organisation, die für die „Tante Emma-Läden" zuständig war, gefragt, ob ich nicht das Geschäft in Gremutschi übernehmen würde. Davor waren schon zwei russische Geschäftsleute wegen Unterschlagung beziehungsweise Defizit ins Gefängnis gekommen. Es war bekannt, daß Vodkaflaschen als Bruch gemeldet wurden, daß der feuchte Zucker, absichtlich naßgemacht, dann schwerer wog et cetera. Außerdem kam es öfter vor, daß die Löhne zwei bis drei Monate nicht ausgezahlt wurden. Dann sollte man anschreiben, aber wehe es kam in dieser Zeit eine Revision. Dazu kamen noch einige andere Gründe, die mich davon abhielten, diesen schönen Job zu übernehmen. Meine Schwippschwägerin, die einen Russen geheiratet hatte, führte später den Laden erfolgreich weiter. Somit hatte ich wiederum, eine interessante Aufgabe abgelehnt.

Also ging ich in diesem Winter erneut der Schwerstarbeit im Walde nach. Endlich bekamen auch bei uns in Gremutschi die Baumfäller Motorsägen. Jetzt halfen sie auch den Frauen, indem sie die dicken Äste der Baumkronen mit der Säge abtrennten, die man sonst mit der Axt hätte entfernen und verbrennen müssen. In dieser Wintersaison erkrankte nach einem Monat der „Desjatnik" (Verwalter) vom „Lespromchos". Nun wurde ich wiederum gefragt, ob ich die Vertretung übernehmen würde. Ich sagte zu und machte den Job mehrere Monate bis zum Frühling, zumal der Erkrankte noch zur Kur kam. Ich wurde kurz eingewiesen und mußte meine Aufgabe erledigen, das heißt, den Holzfällern ihren Parzellen zuweisen, im Wald das Holz nach Güte und Kubikmeter der Stämme annehmen, abends die geleistete Norm mitteilen und alle vierzehn Tage eine Lohnabrechnung nach Koeffizient der einzelnen Brigaden und Personen erstellen. Obwohl mir bei der ersten Abrechnung Unterstützung zugesagt wurde, verdrückte sich der Chef dieser Holzbasis, nachdem er die Löhne der Holzfahrer und Tagelöhner abgerechnet hatte. Meine „verstaubten Mathekenntnisse" von der siebenten Klasse des Progymnasiums waren jetzt gefragt. Mit dem Abakus konnte ich nur addieren und subtrahieren, also war kopfrechnen gefragt. Manche Lohnabrechnungen habe ich sicherheitshalber noch einmal nachgerechnet, so daß der Bote, der in dieser Nacht die gesamte Abrechnung noch 25 Kilometer nach Kada zum „Lesopunkt", dem Hauptbüro, bringen mußte, ungeduldig wurde. Die nächsten Abrechnungen des Winters waren dann schon Routine. Gut, daß es keine Beanstandungen gab.

Als im Frühling der genesene Iwanow zurückkam, nahm ich Urlaub und sorgte gemeinsam mit Vater das Brennholz für den nächsten Winter vor. Das Kartoffelfeld wurde bestellt und die Wohnung frisch „gekalkt". Dennoch genoß man die Zeit als Erholung.

Anfang Juni 1957 übernahm ich den Posten als Hilfsverwalter (Desjatnik) in Kada. Simon brachte mich die 25 Kilometer mit dem Boot dorthin, wo ich bei einer deutschen Familie wohnen durfte. Es wäre auch die Möglichkeit gewesen, in einer Baracke zu wohnen, aber lieber schlief ich mit Maria in einem Bett, als daß ich mich dort ständigen Belästigungen von Männern ausgesetzt hätte, denn in der Mädchenunterkunft wohnten nur noch einige Russinnen. Gemeinsam mit einem Herrn vom Flößerei-Büro nahm ich die zu

Floß gebundenen Baumstämme an und hatte angenehme Tage. Obwohl in Akkord gearbeitet wurde, schaffte man es gut, die im Wasser schwimmenden Stämme nach Durchmesser anzugeben und die Holzbündel mit einer Nummer zu versehen. Den Sommer über war ich somit im Angestelltenverhältnis und brauchte mich nicht um die weiteren Arbeiten zu kümmern.

Nach zwei Monaten beschloß ich, meine Eltern zu besuchen. An diesem Samstagabend legten wir früher die Arbeit nieder, da wieder einmal die Technik versagte. Für den Heimweg stellte man mir ein Pferd mit Sattel zur Verfügung und ich ritt noch vor Sonnenuntergang los. Zuerst mußte das Pferd tief durch den Kadafluß waten, dann ging es immer über einen holprigen Pfad mal durch den Wald, mal in Flußnähe der Angara. Als es dunkel wurde ritt man gemächlich, denn über dem Pfad lagen immer wieder dicke Baumstämme. Hoch zu Roß fühlte man sich sicherer, doch als das Pferd die Ohren mal nach vorne, mal zur Seite spitzte und schnaufte, wurde es auch mir unheimlich. Ich begann laut zu singen und trieb das Pferd voran. Im letzten Winter hatten sich nämlich Wölfe bis zu den Pferdeställen in Gremutschi vorgewagt und die Lederteile vom Sielengeschirr zerfressen. Wohlbehalten kam ich zu Hause an und ritt bereits am Sonntagnachmittag zurück.

Als das letzte Floß fertiggestellt war, sollte ich wiederum, um die Zwischensaison zu überbrücken, mit dieser „schwimmenden Insel" die fünfhundert Kilometer bis zum Jenisej fahren. Unsere Gruppe bestand aus vier Mädchen und zwei Burschen nebst Lotse. Als wir mit unserem Gepäck zum Floß gebracht wurden, erwartete die Crew des Schleppers uns schon. Wir wurden von denen in Augenschein genommen und der Kapitän zeigte auf mich und verkündete lauthals: „Das ist meine". Man kam sich wie auf dem Viehmarkt vor. Wir bezogen die Baracke und schoben mit Martha unsere Holzpritschen zusammen. Die anderen stellten ihre „Bettgestelle" an die Wand entlang und in der Mitte stand, wie immer, der Tisch mit den Bänken. Dann wurde der Anker gelichtet und ab ging die Abenteuerreise. Schon in der ersten Nacht legte sich der Kapitän zu mir ins Bett und ließ sich nicht vertreiben. Schließlich verließ ich meine Schlafstelle und saß mindestens zwei Stunden am Tisch, bis der Kerl endlich unsere Unterkunft verlassen hatte. Die Annährungsversuche ließen nicht nach, aber hielten sich im Rahmen. Unser Floß schwamm gemächlich dahin, wurde nur von Zeit zu Zeit ins tiefere Fahrwasser geschoben. Am Tage saßen wir oft am Tisch und spielten Karten. Dann wollte der Kapitän uns aus drei Karten wahrsagen. Wir machten uns darüber lustig, aber der zweite Steuermann beteuerte, daß er wirklich wahrsagen könnte. Nun gut, wir zogen jede drei Karten und sollten ganz fest an etwas Bestimmtes denken. Warja, eine Russin, hatte Rente beantragt und an die Genehmigung gedacht. Tatsächlich bekam sie die Antwort, daß die Rente in Kürze ausgezahlt wird. Gertrud wollte in Strelka am Jenisej ihren Freund besuchen, war sich dessen Liebe aber nicht sicher. Prompt sagte dies der „Wahrsager" und fügte hinzu, daß sie ihn bald heiraten würde. Nun war ich an die Reihe und dachte an meinen Vater, der mit einer schweren Lungenentzündung zurückblieb. Tatsächlich sagte man mir, daß ich mir keine Sorgen um meinen Angehörigen machen brauchte, denn er wird gesund. Über das Gedankenlesen waren wir sprachlos, erst recht als sich bei allen die Prophezeiung erfüllte.

Diese Floßfahrt war eine Erholung. Durch den Staudammbau in Bratsk führte die Angara weniger Wasser, wodurch auch die Strömung sich verlangsamte. Schon beim Herstellen des Floßes mußten wir streng darauf achten, daß der Tiefgang nicht größer als 60 Zentimeter war. Die letzten Augusttage waren sonnig und windstill und die Angara floß spiegelglatt dahin. Die Kuttercrew badete und sonnte sich, während ich am Hause auf einem Baumstamm sitzend ein Buch las. Plötzlich packten mich die beiden Steuermänner, trugen mich ins Boot und fuhren ab. Da ich nicht schwimmen konnte, war ich gezwungen im Boot zu bleiben. Die beiden Männer ruderten zum etwa einen Kilometer entfernten Ufer und zogen das Boot an Land. Dann schwamm der zweite Steuermann zum Floß zurück, während der „Kapitan" mich ins tiefere Wasser zog und Sex wollte. Ich war eher bereit zu ertrinken, als daß ich mich diesem Mann, obwohl er noch jung und gutausse-hend war, hingeben würde. Drei bis viermal holte ich tief Luft und drückte ihn mit unters Wasser egal ob wir ersaufen oder nicht. Danach ließ er von mir ab und ich nahm das Boot und ruderte zum Floß zurück. Wie mir danach der litauische Mitarbeiter erzählte, hätten die anderen Männer vom Kutter aus uns mit einem Fern-glas beobachtet. Wieso mußte ich immer „daran glau-ben"? Waren es meine blauen Augen oder die blonden Haare? Mit dem Kapitän und mit dem zweiten Steuer-mann sprach ich kein Wort mehr, unterhielt mich aber mit dem Maschinisten, einem netten Burschen, der wahrscheinlich davor seinem Vorgesetzten nicht in die Quere kommen durfte.

Ohne Schwierigkeiten passierten wir den Murski-Wasserfall, denn diesmal war unser Floß nur an die 700 Meter lang und mit weniger Tiefgang. Als wir in Strelka ankamen, empfing uns schon ein zweiter Schlepper mit einer Arbeitergruppe, die unser Floß an den bereits stehenden zwei zusammengebundenen Flößen seitlich befestigen sollte. In dieser fortgeschrittenen Dämmerstunde war es ein schwieriges Unterfangen. Obwohl wir alle Ketten zu Boden gelassen hatten und die zwei 300 Pferdestärke starken Schlepper unser Floß bremsten, verlor unsere „schwimmende Insel" nur langsam an Fahrt, zumal die Strömung der Angara kurz vor der Mündung in den Jenisej stärker war. Wir hatten schon den Anker geworfen und die damit erfahrenen Männer beeilten sich, mit einem starken Drahtseil auch unser Floß seitlich zu befestigen, als ein Arbeiter mit seiner Kleidung am defekten Seil hängenblieb. Vor unseren Augen wurde der Mann in Sekundenschnelle ins Wasser gezogen und geriet auf Nimmerwiedersehen zwischen und unter die Flöße. Vielleicht bargen sie seinen Leichnam erst in Igarka am Eismeer.

In dieser Nacht brachten die Kutter uns auf ein Hausboot, wo unsere Mannschaft in einer Kabine übernachtete. Gertrud wollte ihren Freund besuchen und bat mich mitzukommen. Als wir in diesem Männerwohnheim ankamen, empfing uns Vincas recht freundlich und bat, bei ihm zu übernachten, da am Wochenende fast alle Betten leer standen. Als wir am anderen Tage zum Hausboot zurückkamen, erzählte man mir, daß der Maschinist mich unermüdlich mit einer Sektflasche im Arm gesucht hätte. Wie gut, daß ich nicht anwesend war. Vielleicht wollte er mir einen Heiratsantrag machen, denn bei den Russen war eine schnelle Entscheidung üblich. Wir blieben noch eine Nacht in Strelka. Gertrud blieb bei ihrem Freund, somit hatte ich mein Bett für mich alleine, während die anderen beiden Mädel zusammenschliefen. Aber es dauerte nicht lange, da legte sich ein unbekannter Kerl in mein Bett und ließ sich nicht vertreiben. Ich flüchtete und in meiner Bedrängnis bat ich Kazys, einen litauischen Mitarbeiter, mich aufzunehmen. In der Fremde war man wie Freiwild und man sehnte sich nach der Geborgenheit in unseren einsamen Dörfern. Unser Kutter hatte bereits einen anderen Auftrag erhalten, somit brachte uns eine neue Crew zurück.

Der letzte Winter in Sibirien

Über Nordsibirien war der Herbst hereingebrochen. Wildgänse, Kraniche und Enten flogen in Scharen nach Süden. In den letzten Herbsttagen, die immer früher dunkel wurden, versuchten es einige Männer mit Fischfang bei Nacht. Dazu benutzten sie an Stangen befestigte eiserne Körbe am Bug des Bootes, darin ein Feuer aus harzigen Kieferscheiten loderte. Mit einem Dreizack wurden dann die am Angaragrund ruhenden und geblendeten Hechte, Quappen et cetera aufgespießt. Nur bei der überfischten Angara war die Ausbeute gering.

Einheimische, die Jagdgewehre besaßen, zogen mit ihren Hunden in den Wald, um Hirsche oder Hasen zu erlegen. Von Tag zu Tag wurde es kälter, und am Ufer war das Wasser schon bis zu einer Breite von über fünfzehn Metern gefroren. Dennoch schickte man uns drei Personen mit einem Boot stromab nach Kada.

Der eiskalte Wind ging durch die Kleidung, der Wellengang war auch nicht gering, aber wir ruderten uns warm. Nach der halben Strecke traten schon Schwierigkeiten auf, weil unsere Ruder und auch das Boot langsam vereisten. Sorgenvoll blickten wir auf Simon, einem erfahrenen Einheimischen, der uns immer wieder beruhigte. Das Boot sank immer tiefer, die Ruder wurden immer schwerer, aber wir erreichten lebend unser Ziel.

In unserem Hauptbüro in Kada fragte man mich, ob ich die Aufgabe als Verwalter vom Flößerei-Büro (Splawnaja Kontora) übernehmen würde. Ich sagte zu und war somit Angestellte dieser Organisation, die ihr Hauptbüro in Jeniseisk hatte. In Prospichino wohnte der

Oberverwalter (Starschi Desjatnik), der ab und zu nach dem Rechten schaute und uns Verwaltern die Gehälter auszahlte. Endlich mit vierundzwanzig Jahren hatte ich eine leichte Tätigkeit, und vor allem freute ich mich darüber, daß man mich nicht mehr zu verschiedenen Arbeitseinsätzen heranziehen konnte.

Als die Wintersaison begann, nahm ich das Holz auf dem großen Stapelplatz an der Angara, nach Fuhrwerken getrennt, an und erstattete abends einen Bericht im Büro. Für unsere Organisation wurde vierzehntägig eine spezifizierte Aufstellung gefertigt, wonach die Waldarbeit bezahlt wurde. Nun wohnte ich mit meinen Eltern in unserem Häuschen und übernahm noch die Aufgabe, für die Clubeinrichtung zu sorgen. Zum Wochenende überredete ich meinen Schwager, uns zum Tanz aufzuspielen. Zu Silvester luden wir die Bewohner zu einem bunten Abend ein; leider gab es keine Bücher über Theaterspiele oder Sketche. Dennoch war es ein gelungener Abend. Ab und zu kam im Winter auch ein Wanderkino. Ansonsten langweilte man sich an den Abenden. Man traf sich in kleinen Gruppen und machte Handarbeit. Wir hatten kein Radio, keine Bücher, geschweige ein Fernsehgerät. Kein Wunder, daß man zum Meditieren gezwungen war und daher oft Klarträume hatte. Diese nächtlichen Botschaften erfüllten sich auch manchmal.

Aus lauter Langeweile gingen Martha und ich an einem Abend über die circa zwei Kilometer breite Angara nach Paschino, um uns von den dort eingetroffenen Zigeunern wahrsagen zu lassen. Mir wurde prophezeit, daß ich sehr bald eine weite Reise machen und dann frei und reich leben würde. Für Martha wurde auch eine Reise vorhergesagt, aber nicht sobald. Auf dem Heimweg waren wir uns einig, daß es alles

Quatsch sei, denn wir sind gemeinsam verschleppt worden und werden, wenn überhaupt, auch gemeinsam entlassen.

Der Druck auf die Planerfüllung war groß, daher mußten einige Sonntage nacheinander auch noch gearbeitet werden. Manche Genossen gingen meist mit gutem Beispiel voran, feierten aber dann in der Woche krank. Ich mußte, um das Holz anzunehmen, dann ohnehin den Sonntag opfern. Da ich nun zu Hause wohnte und Mutter das Essen kochte und sich um meine Wäsche kümmerte, war es für mich kein Problem.

In diesem Winter kam auch eine Kommission aus Jeniseisk, um meine Arbeit zu überprüfen. Der eine Mann war aus Jeniseisk, der zweite sogar aus Igarka, der Stadt vor dem Eismeer, und unser Oberaufseher. Sie begutachteten die Zahl und die Durchmesser der Äste auf den Stämmen, das heißt, sie überprüften damit, ob die Baumstämme auch in der richtigen Güteklasse eingestuft waren. Es gab keine Beanstandungen.

Als der Frühling kam, nahm ich meinen dreiwöchigen Urlaub und beschloß, in dieser Zeit nach Keszma zum Zahnarzt zu fliegen. Noch hielt die Eisdecke auf der Angara und ich konnte die 15 Kilometer bis Prospichino zu Fuß zurücklegen. Der Landeplatz für die einmotorigen Flugzeuge war eine Wiese. Heute war ein Doppeldecker gelandet und als wir starteten, saß ich als einziger Passagier neben dem Piloten. Es war ein klarer kühler Tag, die Taiga war schneebedeckt und der Pilot flog in Kurven über dieses Waldgebiet auf der Suche nach einem vermißten Flugzeug. Danach flogen wir wieder die Angara entlang, an der Waldsiedlung Balturino vorbei. Kurz vor Dvorez, einem der ältesten Dörfer am ganzen Strom, fragte mich der Pilot, ein ganz junger Bursche, ob ich mit einer Zwischenlandung in diesem

Ort einverstanden wäre. Überrascht, daß ich überhaupt gefragt wurde, sagte ich „Ja". Als wir gelandet waren, kam ein dickleibiger „Natschalnik" im schwarzen Anzug auf uns zu und fragte mich, ob ich ihm den vorderen Platz überlassen würde. Höflich wie ich war, setzte ich mich auf den einzigen hinteren Sitz und merkte sehr bald den Unterschied. Wie bei einer Bachstelze der Schwanz ging mein Sitz rauf und runter. Rauf und runter ging es auch im Magen und der Pilot reichte mir schon eine Tüte zu. Mein Rückflug in einer größeren Maschine war angenehmer.

In der Zwischensaison war Bestandsaufnahme der Holzstapel angesagt. Nun mußten die Kubikmeter Holz eines jeden Stapels ermittelt werden, was auch für die Akkordarbeit bei der „Skatka" unbedingt erforderlich war. Mit einer Mitarbeiterin war es in den sonnigen Frühlingstagen eine angenehme Beschäftigung.

Danach fuhr ich mit mehreren Arbeitern nach Kada, wo einige Kilometer stromabwärts unweit der Angara erneut Bäume gefällt wurden. Den Ort nannte man dann Tagara. Diese wurden in voller Länge endlich von Traktoren aus dem Wald gezogen und dann erst am Stapelplatz zersägt. Somit ersetzte die Technik die sonst so geschundenen Pferde und man war nicht mehr auf Schnee angewiesen. Hier nahm ich das Holz bis zum Beginn der Floßarbeit an.

Im Sommer 1958 wurden auf dem Wasser zwei Plattformen erstellt, auf denen nebeneinander zwei Traktoren standen, mit deren Kraft die Holzstämme gebündelt wurden. Somit nahmen auch vier Personen das Holz an. Maria, Erika, und Bogodinow, ein älterer Verwalter, waren auch dabei. Als ich einmal einen falsch einsortierten Baumstamm wieder von der Brigade rausschieben ließ, empörte sich ein Russe und mein-

te: „Immer diese Deutschen mit Ihrer Genauigkeit!".
Etwas Wahres war schon dran, denn hier nahmen drei
deutsche Mädchen das Holz an, in Gremutschi, unserer
Waldsiedlung war mein Schwager Materiallagerverwal-
ter und seine Schwester die Verkäuferin des Ortes. In
anderen Waldsiedlungen war es genauso. Wir Ostpreußen hatten es so gelernt - üb' immer Treu' und Red-
lichkeit!

Eines Tages sprach mich Stase, ein litauisches
Mädchen, an und erzählte, daß in der letzten Nacht einige Litauer nach Tschedobitz, in den Bogutschanski
Rayon, gefahren waren und sich aus dem Kolchos Ferkel mitgebracht hätten. Bei der Schweinepest, die in
unserem Umkreis grassiert hatte, war das wie sechs im
Lotto. Wir verabredeten uns, und mit einem Boot und
einigen Holzkisten verließen wir heimlich am frühen
Freitagabend Kada und waren noch im Hellen in Tschedobitz. Probleme hatten wir mit einem Nachtquartier...
die russischen Familien wollten uns nicht aufnehmen,
verwiesen uns aber zu einer Tatarenfamilie mit der Be-
gründung, die würden alle aufnehmen. Wir gingen hin
und wurden freundlich empfangen. Wir mußten auch
unbedingt deren Suppe essen, in der sogar Fleischstük-
ke waren. Wir rätselten was es wohl für ein Fleisch
wäre; es war so eine Mischung zwischen Gänsefleisch
und Rindfleisch. Wir entschieden uns für einen erlegten
Bären. Stase war besorgt, daß das Ehepaar uns in der
Nacht berauben könnte, denn wir hatten nicht wenig
Geld bei uns. Als wir am anderen Morgen aufstanden,
und zwar so gegen sechs Uhr, waren die Eltern von den
drei kleinen Kindern schon zur Arbeit. Wir aßen unsere
Schnitte und begaben uns zum Kolchos auf der Suche
nach Ferkeln. Leider waren in diesem Ort bereits alle
Schweinchen verkauft, aber man empfahl uns, im

fünf Kilometer entfernten Ort zu versuchen, das abseits von der Angara lag. Also besorgten wir uns einen Handkarren, kauften noch für die Kinder Süßigkeiten, ließen den Eltern etwas Geld zurück und zogen mit dem Karren los. Wir hatten großes Glück und nahmen die letzten zum Verkauf vorgesehenen Ferkel mit, das heißt, Stase zwei und ich drei, wovon eines etwas mickrig war. Glücklich treidelten wir unser Boot etwa 25 Kilometer nach Kada zurück. Am Sonntagmorgen half mir Maria, bei der ich wieder wohnte, die Ferkel nach Gremutschi zu bringen. Meine Eltern waren überglücklich, endlich wieder Aussicht auf einen Schweinebraten zu haben; übrigens ein Ferkel bekam auch meine Schwester.

In Gremutschi wurden in diesem Jahr aufgrund von Niedrigwasser, verursacht durch den voranschreitenden Staudammbau in Bratsk, unweit vom Baikalsee, keine Flöße mehr gebunden. Die Baumstämme wurden wie in einem großen Säckel aufgefangen und von einem Schlepper nach Kada gebracht, wo sie dann in unser großes Auffangbecken hineinschwammen.

Ein Floß hatten wir schon auf die Reise geschickt und arbeiteten am zweiten. Jede Arbeit war mittlerweile Routine, nur die Litauermädchen entzogen sich durch Heirat unter Landsleuten der Schwerstarbeit. Sie gründeten Familien und ließen sich nachträglich von einem aus Litauen angereisten katholischen Pfarrer trauen und die Kinder taufen. Neue Arbeitskräfte kamen hinzu, vor allem aus dem mittlerweile aufgelösten Kolchos „Kadinska Saimka". Auch Sina und Nina, die zwei Mädchen, die ich bereits bei der Ankunft in Kadinska kennengelernt hatte, arbeiteten hier. Sina, die hübsche und seltene blonde Russin, wurde hier in Kada, von einem Burschen, den sie überhaupt nicht mochte, einfach in sein Haus geschleppt und vergewaltigt. Aus diesem Grunde hat sie ihn dann auch geheiratet, der Sitte entsprechend und vor allem, dem Spott der Leute zu entgehen. So war das Leben in den einsamen Dörfern Sibiriens; jeder kannte jeden und auch die Einzelheiten blieben nicht verborgen.

Nun waren wir schon zehn Jahre in dieser Einöde. Wie sehr sehnte man sich nach Zivilisation; wie gerne wäre man ins Kino oder ins Theater gegangen. Nichts! Die sonst „schöne Jugendzeit" verfloß in Einsamkeit und Langeweile. Dennoch feierte ich meinen 25. Geburtstag bei meinen Eltern in Gremutschi mit mehreren Landsleuten. Mutter hatte Hirsewein gemacht und Kuchen gebacken, Vater stellte selbstgebrauten Schnaps auf den Tisch, den sogenannte „Samagon", und bei guter Stimmung sangen wir deutsche, litauische und russische Lieder.

Die Heimkehr

Es war der 15. Juli 1958, ein Arbeitstag wie alle anderen. Kurz vor dem Erwachen hatte ich wieder mal einen ganz intensiven Klartraum, den ich auch anschließend Maria und Waltraud beim Frühstück erzählte. Dem Traum entsprechend war ich mir sicher, daß ich an diesem Tage nicht zur Arbeit gehen würde, sondern von meinen Eltern nach Hause gerufen werde. Nur kein Todesfall, betete ich.

Als wir schon im Lastwagen, der uns zur Arbeitsstelle bringen sollte, saßen, lästerten meine beiden Mitbewohnerrinnen und meinten, daß ich nun doch zum Dienst fahren würde. Lachend gab ich dies zu... Träume sind Schäume. Im diesem Moment kam der „Natschalnik" mit dem Funker aus dem Kontor und teilte mir mit, daß ich sofort nach Hause kommen sollte, denn wir hätten die Ausreisegenehmigung nach Deutschland erhalten. Es war unglaublich - eine Ausreise? Ich sprang aus dem Lastwagen und keine Überredungsversuche halfen, wenigstens noch an diesem Tage das Holz anzunehmen. Außerdem meinte der Chef, ich dürfte sowieso nicht ausreisen, bis das von mir im Winter in Gremutschi angenommene Holz abgeliefert ist, denn es könnte ein Defizit aufweisen.

Zu Fuß und im Inneren aufgewühlt ging ich nach Gremutschi. Ich sah nicht mehr die über zweihundert Jahre alten Hartkiefern, die Zedern, die wegen Ihrer Zapfen gerne gefällt wurden, die Preiselbeeren und die Blumen, die am Wegesrand standen. Die Gedanken waren – so schnell wie möglich raus von hier.

Freudig empfingen mich meine Eltern mit der Nachricht, ich müßte nun in das 200 Kilometer entfernten Rayonstädtchen Keszma fliegen, um die Reisepapiere abzuholen. Solange wir nichts in den Händen hatten, war man skeptisch, zumal andere meinten, wir könnten noch in ein Lager gebracht werden, weil mein Vater die deutsche Botschaft um Ausreisehilfe und die Geschwister in Westdeutschland um Zuzugsgenehmigung gebeten hatte.

Am anderen Tage ließ ich mich mit einem Boot auf die andere Seite der Angara rübersetzen. Die Strecke bis Prospichino, wo wir uns mit den Eltern zur gemeinsamen Abreise treffen wollten, ging ich mit dem Gedanken, diesen beschwerlichen weiten oft gegangenen Weg wirst du nie, nie wieder betreten.

Noch am selben Tage ging ich zur Direktion vom „Lespromchos", der Waldwirtschaft, und bat, mir mein Arbeitsbuch auszuhändigen. Vom Direktor bis zu den Angestellten haben mich alle verwundert angeschaut und ausgelacht, als hätte ich nicht „alle Tassen im Schrank". Wo gab es denn so was, daß eine Zivilperson aus Sibirien ins Ausland ausreisen durfte. Mit Tränen in den Augen verließ ich das Kontor und flog am nächsten Tag nach Keszma. Bei der Miliz erhielt ich die Ausreisepapiere für mich und meine Eltern und bat außerdem um eine schriftliche Anordnung für die Direktion und für meinen Oberaufseher, mir die Arbeitspapiere und mein Restgehalt auszuhändigen. Nach Prospichino zurückgekehrt ging ich erneut zur Direktion und legte das Schreiben der Miliz vor.

Fassungslos bemühte man sich, die restlichen Eintragungen ins Arbeitsbuch zu tätigen und entschuldigten sich für ihr vorheriges Verhalten. Gleichzeitig waren sie bemüht, den Oberaufseher von der „Splawnaja Kontora", dem Flößereibüro, ausfindig zu machen, der mir das Restgehalt auszahlen sollte. Jemandem, der ins Ausland reist, wollten sie nicht schuldig bleiben, nur woher das Geld nehmen, wenn die Kasse leer ist? Man ging mit mir zur Post und mein „starschi Desjatnik" hinterlegte dort seine Obligationen und bekam das erforderliche Geld.

Während meine Eltern in Gremutschi die Koffer packten, hatte ich in Prospichino Zeit, meine Reisepapiere „unter die Lupe" zu nehmen. Demnach waren die Unterlagen bereits am 26. Mai 1958 in Krasnojarsk, wir aber erhielten die Nachricht erst sechs Wochen später. Inzwischen erhielten auch einige Litauerfamilien die Genehmigung, in ihre Heimat zurückkehren zu dürfen. Meine Schwester hätte auch ausreisen dürfen, aber ohne Familie, obwohl ihr Mann ebenfalls Deutscher war. Alles, was nicht in den Koffer paßte, erhielt somit meine Schwester.

Meine Eltern und zwei Litauerfamilien kamen rechtzeitig nach Prospichino, wo am anderen Tage ein Passagierschiff, das erst seit paar Jahren die Angara befuhr, von Keszma zurückkam. Wir besaßen nur zwei Koffer und hatten somit keine Probleme mit dem Gepäck, während unsere Mitreisenden noch Bettzeug und Geschirr mitschleppten. Die letzte Fahrt auf der Angara verlief angenehmer, zumal unser Schiff nur paar Tage bis Strelka benötigte. Am Ufer des Jenisej, genau dort wo wir vor zehn Jahren eine Woche campierten, landeten wir mit unserem Gepäck. Wiederum übernachteten wir unter freiem Himmel in der Hoffnung, das Passagierschiff des Jenisej würde uns bald nach Krasnojarsk mitnehmen. Von den Einheimischen erfuhren wir, daß das Schiff erst am Vortag Richtung Igarka vorbeigefahren wäre und mit einer Rückkehr vor drei Tagen nicht zu rechnen sei. Schlechte Aussichten!

Schaulis, der pfiffige Litauer, hatte erfahren, daß von dem Ort auf der anderen Seite des Jenisej täglich

Lastwagen leer die 300 Kilometer bis Krasnojarsk zurückfahren würden und gerne für ein entsprechendes Entgelt Leute mitnähmen. Er überredete uns, diese Fahrt mit ihm mitzumachen und wir sagten zu, während das andere Ehepaar sich dieses Geld sparen wollte. Herr Schaulis besorgte das Boot, welches uns in zwei Fahrten über den breiten Jenisej herüberbringen sollte. Damit wir nicht abspringen, sollten unsere Familien gemischt das Boot besteigen. Mit dem Motorboot waren wir schnell auf der anderen Seite, und wir hatten Glück – ein Lastwagenfahrer war bereit, uns mitzunehmen.

Nun saßen wir auf unseren Koffern im offenen Lastwagen und „ratterten" über die Schlaglöcher der staubigen Landstraße unserer Heimat entgegen. Mit uns saßen noch zwei Frauen, von denen eine auf dem Schoß einen großen Korb voller Eier hielt; in Krasnojarsk waren es dann nur noch Rühreier.

Der Lastwagenfahrer setzte uns am Bahnhof ab und wir bemühten uns, Fahrkarten nach Moskau zu bekommen. Angeblich wäre der Zug voll besetzt, dennoch hatte unser Mitreisender für seine Familie Karten bekommen und bot mir seine Hilfe an, für entsprechendes „Schmiergeld" auch für uns Fahrkarten zu besorgen. Wie gut, daß ich es abgelehnt hatte, denn unsere zwei Koffer sollten bei der Gepäckaufgabe auf besondere Art mit einem dünnen Strick verschnürt werden, weil diese ins Ausland gingen. Hilflos bat ich die zwei Damen der Gepäckabfertigung, gegen gute Bezahlung die Stricke zu besorgen und die Koffer zu verschnüren. Sie waren einverstanden und besorgten mir sogar für den nächsten Tag Fahrkarten für einen Schlafwagen.

Wir übernachteten, wie auch viele andere, auf dem Bahnhof und konnten mit der Transsibirischen Eisenbahn am anderen Tage die Stadt Krasnojarsk verlassen. Wir machten es uns im Schlafwagen bequem, denn die Nächte davor hatten wir mehr oder weniger im Sitzen verbracht. Das vierte Bett in unserem Abteil belegte ein netter junger Mann, der mir aber etwas zu neugierig schien. Also war Vorsicht geboten. Außerdem sollte ich öfter auf seine Brieftasche unter seinem Kopfkissen achten, wenn er in den Speisewagen ging. War es großes Vertrauen oder eine Falle?

Endlich erreichten wir Moskau und die Lauferei von einer Botschaft zur anderen begann. Alle ließen sich viel Zeit, aber die polnische Botschaft, obwohl wir dort gegen Feierabend eintrafen, erteilte uns kurzerhand das Durchreisevisum und wir konnten am nächsten Morgen den Zug nach Brest besteigen. In Brest, der russisch – polnischen Grenzstation, bekamen wir unsere Koffer ausgehändigt. Diese wurden genauestens gefilzt. Unsere Obligationen durften wir nicht über die Grenze bringen. Was tun? Wir besorgten uns einen entsprechenden Umschlag und konnten diese an meine Schwester nach Sibirien zurückschicken. Das Gesangbuch wurde beanstandet und ebenso mein kleines Poesieheft, was aber nach langem Bitten doch noch mitgenommen werden durfte. Die Fahrt über Polen verlief gut, nur in Berlin – Ost wollte man uns partout überreden, in der DDR zu bleiben. Bei seiner Reise nach Moskau im September 1955 erlangte Bundeskanzler Konrad Adenauer die Zusage der Heimkehr aller restlichen Kriegsgefangenen und setzte sich gleichzeitig für die Entlassung der verschleppten Memelländer ein. In Berlin waren wir der Freiheit so nahe und sollten nun darauf verzichten... niemals!

Glücklich trafen wir am 31. Juli 1958 im Grenzdurchgangslager Friedland ein. Nach Erledigung aller

Formalitäten wurde uns der Zuzug nach Münster in Westfalen, wo Vaters Bruder wohnte, genehmigt. Die Umstellung von einem einfachen Dasein zum Stadtleben war enorm. Als bei der Arbeitsvermittlung beziehungsweise Berufsberatung der Sachbearbeiter erfuhr, daß ich aus der Taiga kam und auch keinen Schulabschluß hatte, empfahl er mir, mich bei einer Baumschule zu bewerben.

„Nein, danke! Bäume habe ich genug gesehen!"

Nachtrag

Die verbliebenen Ostpreußen beziehungsweise Memelländer erhielten nach und nach ihre Ausreisepapiere und konnten innerhalb der nächsten drei Jahre Sibirien verlassen. Noch im Herbst wurde die Waldsiedlung „Gremutschi", da das Gebiet bereits abgeholzt war, aufgegeben und nach Prospichino verlagert. Alle privaten Blockhäuser mußten somit in diesem Geisterdorf zurückgelassen werden.

Es war eben Schicksal, daß viele Familien das harte Leben in Sibirien noch länger ertragen mußten und auch Mutter, wie von der Wahrsagerin vorhergesagt, mit achtundsiebzig Jahren plötzlich von uns ging.

Erst nach vielen Jahren erfuhren wir hier in der Bundesrepublik, daß die Gebeine der damals im Wald verschollenen Landsmännin von Jägern in einer Schlucht gefunden wurden; der Zinkeimer lag noch daneben.

Zum Hintergrund der Verschleppungen: Nach dem Beschluß des Ministeriums für Staatssicherheit der UdSSR wurde die Verschleppungsaktion „Wesna" (Frühling) am 22. Mai 1948 gestartet. Insgesamt wurden 11.345 Familien, davon aus dem Bezirk Memel 209 Familien deportiert. Somit mußten 919 Memelländer unter Tränen ihre Heimat verlassen. Mit der Operation „Priboj" (Brandung) begann am 25. März 1949 die Umsiedlung von 8.500 weiteren Familien aus Litauen. Aus dem Bezirk Memel waren es 264 Familien mit 927 Personen. Diese Deportation hat auch die Nehrungsbewohner betroffen. Anfang April wurden die abgeholt, die man im März nicht angetroffen hatte.

Веет свежестью
Ночь сибирская,
Собрались друзья у костра...
Ты навеки нам
Стала близкою,
Величавая Ангара.

Эля